スーパーカブ

7

トネ・コーケン

イラスト：博

「私は君を我がサークルに招きたいと思っている」

――竹千代
takechiyo――

経営学部三年。
本名かどうかも不明の、怪しげな美女。
「節約研究会」略して「セッケン」の主。

——春目 harume——

小熊と同じ人文学部一年の少女。スーパーカブを見て、なぜか表情を曇らせる。

「熊笹の葉を煎じたお茶なんだよ。近くの山で摘んできたの」

小熊
koguma

大学の入学式が行われている間、
小熊はずっとスーツのウエストを気にしていた。
バイクがそうであるように、バイクを愛した男が作ったこのスーツは、
その服を自分の物にするための慣らしや調律が必要な物らしい。

スーパーカブ７

トネ・コーケン

角川スニーカー文庫

22616

口絵・本文イラスト／博
口絵・本文デザイン／伸童舎

Super Cub
contents

（1）バイク乗りのスーツ

小熊《こぐま》が四月の始まりと共に東京に居を移して一週間。

新鮮な体験というにはいささか刺激的な数日間が過ぎた後、小熊は四月から通うことになる大学の入学式に出席していた。

大学の入学式が千代田区有楽町にある大型の催事ホールで行われている間、小熊はずっとスーツのウエストを気にしていた。

学生が着るスーツとしては少し派手かなと思ったが、式典に出られるような服はこのニック・アシュレイのパンツスーツしか持っていなかった。

ローラ・アシュレイの息子でバイク愛好家としても知られるニック氏が、高級レストランでライディングウェアを着たままの入店を断られたことをきっかけに創り出した、ディナーパーティーにも出られるドレッシーなライディングウェアのブランド。

小熊が着ているほぼ黒に近い濃紺のパンツスーツも、見た目は周囲の新入生が着ているリクルートスーツとさほど変わり無いが、耐候性に優れた生地や、バイクに乗車する姿勢を考慮したカッティング、走行風の影響を最小に留《とど》める襟と裾など、バイクに乗る人間が必要とする機能を備えている。

このスーツは小熊が高校の時に在籍していたバイク便会社の社長が持っていたもので、ドーナツが好物の浮谷《うきや》社長は甘い物に偏った食生活が良くなかったのか、オーダーして早々にウエストがきつくなってしまったスーツを、気前良く譲ってくれた。

事務所での仕事中、浮谷社長がタブレットに表示させたスーツの画像を見せながら話しかけてきた時、不要な服の処分が目的ではなく、家に遊びに来てほしいがための方便なのではないかと思った小熊は、そういう企《たくら》みに乗るのは悪い気分じゃないと思い、浮谷のタワーマンションにお邪魔して基本的に自炊をしない浮谷のために夕食を作ってあげた。

あいにくスーツという物を着る機会に恵まれなかったので、貰《もら》って以来ずっとクローゼットに仕舞《しま》われたままだったニック・アシュレイは、今回の入学式で役に立っている。もしかするとこういう事を見越してスーツを譲ってくれたのかもしれない。

小熊だって浮谷から貰っていた高給で、量販店のスーツくらい新調できたが、もし浮谷が自分の事を安物を身に纏《まと》うのが似合わない女だと思ってくれたのならば、それは嬉《うれ》しくもある。

ならばウエストサイズも考慮してほしかったところだが、メンズブランドであるニック・アシュレイのレディース分野への進出のため、試作として少数作られたというレア物のパンツスーツを海外通販でオーダーした浮谷は、自分で採寸した数字をオーダーフォームに入力する時、腰回りは正直に書きつつ丈で見栄《みえ》を張ったらしく、浮谷より小熊の背にピッタリなスーツはウエストがやや緩かった。

ベルトで締めようにも、小熊が持っているのはデニムを穿《は》く時に使っているビアンキのベルトのみで、キャラメル色のオイルレザーは濃紺のスーツには合わない。結局、ブラウスの下にダマールの防寒肌着を着て何とか調整したが、それでもまだ緩い。

身長は小熊よりやや小柄なのに、こんなぶかぶかのパンツが穿けなくなっているなんて、ちんちくりんでまん丸な浮谷社長は体型のコントロールが上手《うま》くいっていないのではないか、近いうちに甲府にある浮谷のマンションまで行き、今度は夕食だけでなく翌日の朝食まで作ったほうがいいのかもしれないと思った。

自宅のリノベーション計画や、ここ数日に起きた出来事によるバイク趣味の環境変化、なによりも椅子の上で腰を動かすとずり下がっていくパンツを気にしているうちに、入学式は終わった。話は聞いていなかったが、特に実のある内容ではないという事は、周囲に着席する新入生の表情を見ていればわかる。

今年から小熊と同じ大学に入学する学生たちは、皆が同じようなリクルートスーツを着ていて、盗み聞きする気はなくとも耳に入ってくるお喋《しゃべ》りを聞くに、いずれも大手チェーン店か有名デパートのイージーオーダーらしい。まだ学生服気分の抜けない新入生の所作には馴染《なじ》んでいないが、体型には合わされているスーツを着た新入生たちは、きっとウエストの悩みなど無いんだろう。

小熊は自分のパンツスーツに触れた。お下がりのスーツで今年の流行からはやや外れ気味、おまけにウエストが緩い。

それでも、小熊はこのニック・アシュレイのほうが好きだった。少なくとも周りの男女が着ているスーツには、高速道路の通行券を入れるポケットはついていない。

式を終えて会場を出た小熊は、帰路につく前に卒業旅行でも来たことのある有楽町の街を歩き、駅前の大型デパートでこのスーツに似合いそうな細身の黒革ベルトを買った。

バイクがそうであるように、バイクを愛した男が作ったこのスーツは、最大公約数的な体型や扱い方に着る人間が合わせる量販店の既製服とは異なり、その服を自分の物にするための慣らしや調律が必要な物らしい。

ベルト一つの買い物を終えた小熊は帰路につくべく駐輪場へと向かった。

会場近くのバイク駐輪場にスマホを翳《かざ》し料金を払った小熊は、駐輪場のロックとは別に付けた盗難防止用のチェーンロックを開錠し、自分のカブに跨《またが》った。高校の時に乗っていたカブとは違う、発売されて間もないほぼ新車のカブ。

小熊の新しい暮らしは、新しいカブで始まる。

（２）バイクの部屋

四月一日。

高校を修了し卒業旅行を終え、自宅となる賃貸の一軒家に帰宅した小熊は、名実ともに東京の大学生としての生活を始めた。

ライフラインの契約も一日に合わせていたので、引越し作業の時には電気も供給されず、水も出なかった我が家も、今ではスイッチを入れれば灯《あか》りが点《とも》り、蛇口を捻《ひね》れば東京の水道水が出てくる。

とりあえず小熊は、ただ運び終えただけの家具をどこに置くか決めるべく、家のあちこちを歩き回った。

築五十年は超えているという貸し家は２ＬＤＫの木造平屋で、契約手続きの幾つかを不動産屋に代行して貰ったが、形態としては家主からの直接賃貸なので、賃料は廉価な木造アパートより若干高いくらい。

相場より安いのかどうかはわからない。都内ではもうだいぶ少なくなった元公営住宅の木造平屋、基準となる価格は無きに等しい。

部屋は単純な長方形を有した家屋の長辺中間あたりに玄関があって、入ると八畳ほどのリビングダイニング。左に六畳の和室、右側に四畳半の和室とユニットバスがある。

生活空間は山梨で住んでいた１ＤＫのアパートよりだいぶ広くなった。奨学金頼りながら山梨の頃より高額な家賃を払っている以上、環境は良くならなくては困る。

とりあえず大きいほうの和室を寝起きするスペースに決めた小熊は、玄関前に積んでいたデスクや、分解したパイプベッドとマットレスを運び終えた。

デスクとチェアを部屋の隅に置き、組み立てたベッドを陽《ひ》の光が当たる窓際に設置した小熊は、一つの問題に気づいた。

少しくたびれて変色した畳に、デスクとベッドの脚が食い込んでいる。

今まで住んでいたアパートが絨毯《じゅうたん》敷きの洋間だったため、問題になった事は無かったが、これでは畳に痕がつくだろう。

賃貸とはいえど家主はもう高齢で、小熊が大学卒業したら取り壊したいと言ってたので、敷金の心配は無く自分で手を入れるのも自由だが、家同様それなりに長い付き合いになるであろう畳を損壊するのは気分のいいものではない。

何か敷く物を買ってこなくてはならないが、さしあたり問題ではあれど致命的な瑕疵《かし》ではないと判断して、小熊は荷物の設置を進めた。


カブを整備していても、こういう事はよくある。まだ経験の浅かった頃はネジ一つが外れず、あるいは足りず作業が止まることもあったが、今ではその部分を保留にして他の作業を進めるくらいの柔軟性は身に付けている。

個々の作業が持つ意味を読むことが出来れば、ネジの一つくらい足りずとも、他の重要度の低い部分のネジを外して代用すれば、近場のホームセンターかバイク用品店まで買いに走るくらいの事は出来る。


小熊は風呂場や台所に細々とした物を置いた。寝室に決めた六畳間とはリビングを挟んで向かい側にある、四畳半の小さな和室は、まだ使い方が思い浮かばない。

リビングだけで今まで住んでいた１ＤＫくらいの広さがあり、体が急に大きくなった記憶も無いので、寝室と浴室、このリビングダイニングがあれば暮らすことに不自由無い。

収入や生活環境の変化でいきなり広い部屋に引っ越して戸惑った話は聞いたことがあるが、まさか一部屋増えただけで困惑させられるとは。自分自身が小さい人間だと言われたような気分にさせられる。

まだ荷解《にほど》きが終わっておらず、開けていない段ボール箱は幾つか残っているが、各部屋には充分な余裕があって、荷物が部屋に置ききれず別室が必要になるような状態でもない。こういう時は何か別の作業にでも手をつけて気分転換をしようと思った小熊は、玄関近くに置いた段ボール箱の中からクロックスを取り出して足につっかけ、外に出て敷地の表通り近くに駐《と》めていた自分のカブを片付けた。

盗難被害の多いカブを人目につく場所に駐めたくないという理由で決めた今の住処《すみか》。夜間は敷地内にあるコンテナに入れればいいが、短時間の駐輪なら家の縁側とコンテナの間に駐めておけば、家の中から気を配れて外の道路からは見えない。

このコンテナ横のスペースは、整備場所としても最適だろう。これから理想のガレージとして作っていく予定のコンテナは、雨天や冬季にはいいバイクいじりの秘密基地になりそうだが、溶剤や粉塵《ふんじん》の飛び散る作業は出来ず、夏は暑そう。

カブを駐めた小熊は縁側を振り返った。床まである大きな掃き出し窓の向こう側は、どう使っていいのかわからない四畳半。

小熊の頭に何かが閃《ひらめ》いた。そのまま玄関から家の中に入る。

寝室とリビングから幾つかの物を持って来た小熊は、何も無い四畳半の和室に並べ始める。

ヘルメット、グローブ、ライディングウェア、買ったり寄贈されたりした雑誌類。

小熊は掃き出し窓から縁側越しに見える自分のカブを眺めながら決めた。

この四畳半をバイク趣味の物々を集めた部屋として使おう。

ここをバイクの部屋にしよう。

小熊はこれからカブで走り出す新しい世界に希望を抱いていた。

（3）全損

小熊は忍耐に忍耐を重ねながら、目の前に座る小奇麗なスーツを着た男の話を聞いていた。

保険会社の人間だという男性の話によると、内容は今回の事故における非を認め、損害に対する補償を行うというもの。

信号待ちで止まっていて、いきなり後ろからぶつけられたからには当然の結果。小熊を不快にさせているのは、その後に出た言葉だった。

二万円。

高校二年の初夏に中古で買い、二年弱乗ったスーパーカブに保険屋がつけた値段。

それが小熊の日常の足、休日の遊び、あるいはバイトの仕事道具として活躍していたカブを、修復不可能なスクラップにした代償だという。

大学に進学し町田に居を移した小熊は、入学式までの数日間に自らの住処を出来るだけ快適にすべく、早朝から業者向け資材コーナーを開いているホームセンターにカブで向かった。

本当はまだ把握しきれていない自宅周辺の道路を走り回りたかっただけ。そんな浮わっいた心でバイクに乗ったのがいけなかったのか、事故に遭遇した。

ついこの間まで、交通事故で足を骨折して入院していた時、同じくバイクで怪我《けが》をして入院していた同室の桜井《さくらい》が、退院後すぐに事故を起こして再入院したのを散々笑いものにした記憶があったが、まさか小熊自身が、バイク乗りの間で囁《ささや》かれる「バイクで最も事故を起こしやすいのは、事故を起こした直後」という法則に絡め取られるとは夢にも思わなかった。

事故の内容は、早朝の交差点における信号待ちで、ゴルフに行く途中の車にぶつけられたというもので、小熊に非は無いが、技術的な落ち度ではなく運や危機感に問題があったのかもしれない。

基本的に山梨ほど車の流れが速くない東京都下も、妙に飛ばす車が現れる時間帯というものがある。

ミニバンに後ろからぶつけられても、幸い小熊は怪我ひとつしなかったが、相手の車のバンパーが当たったカブの車体後部を見て、これはもうダメだと思った。

大きく凹《へこ》んだウレタンバンパーと相討ちのような形で、リアフェンダーがタイヤに食い込んで潰れている。旧《ふる》いプレス鉄板車体のカブはフェンダーと車体が一体成型されていて、後部に強い衝撃を受けると、車体全体がダメージを受けて使い物にならなくなる。

おかげでカブはもう修復不能。もし修理業者に持ち込み、この車体を修正するなり、フレームを新品に交換するなりすれば、部品費用と作業工賃だけで、中古のカブが一台買えるくらいの金がかかる。

技術的には修理可能だが、直せば収支が釣り合わない。希少なヒストリックバイクならともかく、実用品がそうなったらもう廃車にするしかない。

地元の事業家だという初老の相手方ドライバーはすぐに加入している保険会社に連絡し、警察が形だけの事故検証を行った後の示談交渉は保険会社の事故担当者と行う事になったが、話の内容は小熊を不快にさせるものばかりだった。

小熊が二年間カブに乗り続けてそれなりに出来たコネを使っても、二万円で今のカブを修復する事など出来るわけがない。新品のフレームを取り寄せればそれだけで足が出る。

減価償却とかわけのわからぬことを抜かす保険屋に、小熊は返答した。

「事故前の原状を回復してください。それまで示談には応じられません」

紳士的な態度を見せていた保険屋の言動が変わる。「貴方《あなた》」が「キミ」になる。事故の被害者への態度ではなく、大人が子供を諭す言い方。

そんなダダをこねられても困る。車やバイクというのは元々そういうリスクがあるもの。ヘンなことを言うと脅迫で警察に言わなくちゃいけない。大学にあなたのところの学生がわたしたちを強請《ゆす》るような真似《まね》をしていると言ったらキミは困らないかな？　人生を棒に振ることになるよ。

保険屋がありとあらゆる脅しをかけてくる事は知っている。意図的に湯呑《ゆの》みを音たてて置いたり書類を不必要に掌《てのひら》で叩《たた》いたりする仕草に騙《だま》されるほど、小熊は平穏な高校生活を送っていない。

とはいえこのまま精神を削る話し合いをダラダラと続けるくらいなら、妥協案の一つも出そうかなと、ある意味向こうの思《おも》う壺《つぼ》なことを考え始めた小熊の気持ちを変えたのは、保険屋が発した次の言葉。

「たかが原付一台のことで」

小熊は自分の前に突きつけられるように置かれた示談書を摘《つま》み、書類を相手の前に放り投げた。

「これ以上お話を続ける意思はありません」

退去の挨拶も無く席を立った小熊の背に、お嬢ちゃん後悔するよという言葉を投げつけた保険屋は、翌日再び連絡を取ってきた。加害者側であることを忘れ、無知な学生に交通事故における手続き方法を指南してやろうという物言いだった前回とは打って変わって卑屈な態度。

今度は泣き落としで来たらしい。事故の加害者はこのまま示談が成立しないと、経営している会社が倒産し家族が路頭に迷う事、自分も胃を壊していて、この仕事が終わったら療養しようと思っていたが、小熊がハンコを押してくれないとそれも叶《かな》わないこと。何人もの人間を不幸にするより、人を救う決断をしてほしいというお涙話。

小熊は保険屋の三文芝居よりも、一緒に携えてきた懐柔策らしき物に興味を惹《ひ》かれた。

事故で損傷したカブの修復は困難なため、代替車を以《も》って補償を行うという提案。保険屋が見せたのは幾つかの中古カブ情報。

小熊は相手のタブレットに表示された数台の車両を見た。半分は小熊が見ても表示された走行距離数が大嘘《おおうそ》だとわかるもの。残りも新聞屋あたりから引き上げてきた老朽カブを、見た目だけ綺麗《きれい》にしたような、ロクでもない個体にしか見えない。その中に一つ、小熊の目を奪うものがあった。

【スーパーカブ90　中古極上品　屋内保管　機関良好】

　小熊は感情が表情に出ないよう意識しつつ答えた。

「まずは現車を確認させてください。話はそれからです」

　神奈川にある大手中古バイクチェーン差し回しのワゴン車でショップに到着した小熊は、さっそく車体を見せて貰《もら》った。

　急逝した前オーナーが製造中止直前に買って以来、ガレージに保管して時々近場を乗るだけだった車両を、遺品整理業者経由で買い取ったというカブ90は、タブレットの画像から受ける印象よりも良好な状態だった。

　幾らでも綺麗に出来る走行距離計や外装を無視して、小熊はステムの動きやタイヤ空転時の異音、エンジンの継ぎ目やひび割れの脆弱《ぜいじゃく》点となるドレンボルト周囲、重荷で歪《ゆが》むフレーム後部、始動させた時の排気ガスなど、多走行車や事故車、オイル管理の悪い車がダメージを負うところを慎重にチェックする。バイクの査定など出来ないが、カブの事なら少し知っている。

概《おおむ》ね合格。それどころか新車の初期馴《な》らしが終わったところといった感じの優良個体で、色は今まで乗っていたカブ50と同じグリーン系。ショップがバイク屋にしてはビジネスライクな感じが少し気になったが、カブは買ってしまえばショップの世話になる部分があまり無い。何より小熊の気持ちが、この旧式カブの最高傑作と言われる、90ｃｃのカブへと動いてしまっている。

小熊に検討の余地を与えぬよう、わざと急《せ》かすような態度を取る保険屋に小熊は言った。

「示談書を」

ハンコを手にしながら行った最後の交渉で、登録と納車、自賠責保険の費用負担を相手に呑《の》ませた小熊は、示談書に捺印《なついん》した。

保険屋が演技か本音か、深い溜《た》め息《いき》をついたが、小熊には聞こえなかった。

このカブ90は別の購入希望者が納車直前で配偶者に内緒の散財がバレた結果、キャンセルされて間もない物だったため、納車前整備は既に済んでいて、登録とナンバー取得、整備箇所の再チェックを終えた翌々日に受け取ることが出来るらしい。

ショップが代車として出してくれた、現行スーパーカブの最上位機種スーパーカブＣ１２５の展示試乗車に乗った小熊は、あちこち走りたくなる誘惑を抑えて家に帰る。

日付はいつのまにか、大学の入学式前日となっていた。

（4）麦飯

入学式の翌日。

小熊は南大沢の大学キャンパスで行われた学内説明会に出席したが、昨日の入学式と同じくずっと上の空で、これから乗ることになるカブ90にどんな改造を施すべきか考えていた。

あれこれと想像を巡らせても、せいぜい廃車にしたカブ50から外した後部ボックスと前カゴを取り付けるくらいしか思いつかない。

カブ90の性能や仕様に関しては、ネットや書籍、あるいは実際に乗っているオーナーの話で知っている。排気量を拡大されたエンジンや、それに合わせ大径化したタイヤとブレーキ。

つまりスーパーカブ90は、小熊がスーパーカブに乗っていて、やや不満に思う部分を全て改善し、変えるべきでない部分を残したバイク。

説明会は午前中で終わったので、小熊は大学で昼食を済ませる事にした。

これから待っている納車と試走の時を空腹のまま迎えたくない。中古バイク屋が代車に出してくれたカブＣ１２５があるとはいえ家に食べに帰る暇など無いし、駅前に出てどこか飯を食べられる場所を探す時間さえ惜しい。

つまり、納車前にほぼ新車のカブＣ１２５を出来るだけ乗り回したい。

半分は昨日と同じリクルートスーツ、残り半分は地味な私服を着た周囲の新入生たちがまだ慣れぬ様子で大学構内を歩く中、デニム上下に赤いライディングジャケット姿の小熊は彼らをかきわけるように廊下を進んだ。

もう自分はこの大学の一員で、学生や職員のために作られた施設を利用する時に、いちいち卑屈になってはいられない。バイク便の仕事をしていた頃は、大学よりずっと閉鎖的で排他性の高いオフィスや官庁に、部外者の身で押し入らなくてはならなかった。

少なくともバイクで公道を走る時、腰が引けていては危機に対処出来ないし、自分が未熟で犯罪や悪意に対し無力な存在である事を自らアピールするのは好ましい事ではない。

案内表示に従って行った大学キャンパス内の食堂は、小熊の想像する学食とは異なっていた。

　小熊の卒業した山梨の公立高校には学食が無く、仕事で行った他校の学食や、企業の社員食堂は、もうちょっと無味乾燥な雰囲気だったが、小熊が入学した大学の学食は、ちょっとしたカフェテリアのような雰囲気だった。

　有線らしきＢＧＭのかかった広く明るい空間、今日の日替わりメニューや軽食がディスプレイ表示されたカウンター、椅子とテーブルも社食でよく見る長テーブルとプラスティック一体成型の椅子ではなく、丸テーブルとチェアは青銅の鋳物っぽい表面処理を施した軽金属製で、大窓の外にはテラス席まである。


　どこかデパートのフードコートを思わせる学食をしばらく見回し、注文の方法や学生たちがよく食べている物をそれとなく観察した小熊は、日替わり定食とご飯大盛りの食券を買い、列に並んだ。

　カウンターの端にあるトレーを持って職員に食券を出し、ご飯、ジャガイモとニンジンの味噌汁《みそしる》、キュウリの浅漬けとホウレンソウの胡麻和《ごまあ》え、豚肉の生姜《しょうが》焼きをトレーに乗せて貰う。

　セルフサービスで緑茶を淹《い》れた小熊は空席を探した。昼食時でそれなりに混み合った学食では、学生や職員の多くは数人のグループを作り、学食のメインホールにある四人掛けや八人用の席を占領している。

とりあえずランチ仲間の類の居ないお一人様の小熊は、ファミレスや居酒屋にあるような一人で落ち着ける席を探したが、カウンター席が無い替わりに大窓の前に二人掛けの小さい席が並んでいたので、その一つに落ち着いた。

一人か二人でランチを楽しんでいる人間はそれほど多くないらしく、その区画の先客は紫がかった長い黒髪に黒いワンピースドレス姿の美麗な女一人だけだった。学生とも職員ともつかぬ女は窓の外を眺めながら、小熊の生姜焼き定食よりずっと質素な、豆腐と麦飯だけの昼食を静々と口に運んでいる。

小熊は生姜焼き定食を食べ始めた。少し前まで入院していた病院と似たようなトレーと食器ながら、毎日魚ばかり食わされていた病院食より幾らか贅沢《ぜいたく》なメニュー。

学食の定食は小熊が幸せな満腹感を得るに充分だった。分厚いロース肉の生姜焼きだけでなく、添えられたキャベツやトマト、浅漬けや和《あ》え物《もの》も充分なボリュームがあって、味もさほど舌が贅沢ではないと思っている小熊にとってまことに美味。

値段も外でテイクアウトのランチを買うより安く、生活を切り詰めるため弁当を作って持って行こうとしていた小熊も、時間が無い時は昼食をここで済ませようと思った。

米のせいか水のせいか、ご飯だけは地元の武川米《むかわまい》に比べて若干瑞々《みずみず》しさが足りないと思った小熊は、チラっと幾つかの小テーブルを隔てた席を見た。この東京の米も美麗な女の食べているような麦飯には相性がいいんだろうかと思ったが、今はご飯の事を考えている余裕など無いので、食べ終わってすぐトレーを手に席を立った。

小熊はもう一度美麗な女を盗み見た。一度引いた席をテーブルに戻す時に不躾《ぶしつけ》な音を立ててしまったのか、さっきまで豆腐を醤油《しょうゆ》につけては口に運んでいた美麗な女もこっちを見ていた。

涼やかに細められた瞳と視線が合う。一応は大学の同級か先輩、あるいは恩師にでもなるかもしれない相手、頭を頷《うなず》かせるだけの挨拶をした。

女は小熊を見て、それから自分の手にしている椀《わん》を軽く持ち上げてから言った。

「麦飯なら、カウンターで言えば貰えるよ」

唐突に話しかけられた事より、美麗な女の持つ底知れぬ雰囲気に少々気圧《けお》された小熊は、トレーを持った不恰好《ぶかっこう》な姿勢でもう一度頭を下げ、席を離れた。

（5）町田ナンバー

昼食を終えた小熊は、カブＣ１２５に乗って大学を出た。

これからカブを受け取る予定のバイク店から借りた代車のＣ１２５は、滑らかに回るエンジンといい、容量の大きい足回りといい、申し分の無い性能だった。

まるでカブの形をしたカブじゃないバイクのようなＣ１２５でこのままどこかへ走りに行きたい気持ちに従い、ショップと約束した時間まで遠回りを重ねた小熊は、国道十六号線沿いにあるショップへと向かう。

全国展開している中古バイク店チェーンの大型店舗は小熊の知るバイク屋とは様相が異なっていて、商談スペースのソファを薦められ、コーヒーなど出された時は少々落ち着かない気持ちを味わった。

山梨に居た頃世話になったシノさんの中古バイク屋では、お茶が飲みたくなった時はいつも店の隅にある湯沸かしポットを勝手に使っていた。そのうち自分のコーヒー豆を持ち込むようになり、気がついたらシノさんや店に来た客のコーヒーまで淹れていた。

よく部品漁《あさ》りや作業をしに行った勝沼の解体屋は、店主が水さえあればいい人だからなのか、そもそもお茶を淹れる設備自体が存在しない。探し物や部品の脱着作業が炎天下や乾燥した寒気の中での長丁場になりそうな時は、店の数ｋｍ手前にあるコンビニで飲み物を買っていた。

小熊は自分がこの店で買うスーパーカブ90が、フロアにディスプレイされている他のバイクより高価だとは思わないが、支払いが全て保険会社から行われるためなのか、ショップは小熊のことをそこそこの上客として扱ってくれているらしい。もしかしたら、バイク屋の客としては十八歳の女子大生が物珍しいという理由もあるのかもしれない。

店員は小熊に代車として貸し出したカブＣ１２５を、カブ90との価格差を小熊が負担すれば購入する事が可能で、追い金のローンについては思い切った値引きをさせて頂く旨を説明してきた。発売間もないＣ１２５を代車にしたのはそのためだったのか。

小熊はＣ１２５の性能と装備を賞賛しつつ、購入については丁重にお断りした。金銭的な理由だけでなく、小熊が好きになったのは電子制御されていないキャブレター式エンジンのスーパーカブ50と、その直系上位車種のカブ90で、性能や特性を細部まで把握しているのも、旧型車体のカブ。

大学進学や引越しであれこれと新しい事をやろうとしている時にカブまで新しくなって、色々な習熟をやり直すのは少々面倒くさい。それに何より小熊が自らの新しい住処《すみか》と、そのガレージに在るべき物としてイメージしたのは、このカブではなかった。いつかはそうなるかもしれないが、今じゃない。

接客フロアにある挽《ひ》きたてコーヒーのディスペンサーで淹れられたマンデリンを砂糖無しで飲んでいるうちに店員がやってきて、車両の準備が出来た事を告げられる。

幾つかの書類を確認し、サインと捺印《なついん》を済ませた小熊は、サービス工場から押し出されてきたスーパーカブ90と対面した。

塗装もメッキも磨きこまれ、エンジンまでクリーナーで洗浄されたカブ90に少し見とれた小熊は、納車整備のミスが無いか点検する少々意地悪な気持ちで、車体の後部に回った。

カブ90独特の丸くずんぐりしたテールランプ等、細部の意匠は異なりつつ概《おおむ》ね見慣れたカブの後姿の中に、よく見たような、目新しいようなものがあった。後部ナンバープレート。

小熊が今まで乗っていたカブにも付いていた黄色い原付二種のナンバープレートは、町田市のご当地図柄入りプレートだった。


小熊はカブのいいところの一つは、どこにでもあって不必要な注目を浴びない匿名性だと思っていた。バイク仲間の礼子《れいこ》が、何かしらの犯罪に着手する時、個体の特定を困難にする要素は強い武器になると言っていたが、そっちはよくわからない。

カワセミと蓮《はす》の花があしらわれたナンバープレートは、小熊が今まで嫌っていた個性をカブに付与する物になるのではないかと思ったが、山梨を出て名実ともに町田の住人になったことを実感出来るナンバープレートは、見ていて悪い気分になる物ではなかった。

礼子の言う通りヤバい仕事をする羽目になったとして、他人の記憶に残りがちな市外ナンバーより地元のナンバーのほうがいいのかもしれない。


小熊の記憶では、図柄入りナンバープレートを交付しているのは町田市役所の本庁で、小熊が行こうとしていた自宅最寄りの市役所支所では取り扱われていなかった。実際に図柄入りナンバープレートを見る前だったなら、小熊は時間の浪費を嫌い手近な支所でごく普通のナンバープレートを貰《もら》っていただろう。

このカブ90の取得を決めた段階では、新しいカブにナンバーを取得する手続きについては、小熊は必要な書類さえ揃《そろ》えてくれれば自分でやる事を申し出ていたが、中古バイクショップの店員が推奨した通り、店側による登録手続きの代行を頼んで正解だったのかもしれない。

　店員がどうせ手数料は事故相手の保険会社から支払われるんだから、少しは儲《もう》けさせてくださいと本音を覗《のぞ》かせたので、タダならば異存無しということで一任した。

　バイク屋の儲け口が車両代金だけではない事は知っている。別の大手チェーン系中古バイク屋が、原付二種の輸入車を国内バイクより大幅に安い車体価格で売っていたので、試しに見積もりを取ってみたところ、全てコミの総額には、納車整備と登録、更には開梱《かいこん》手数料なる数万円の費用が付け足されていたという話を聞き、色々と察した事もある。

　営利のためバイクを売っているショップが何で儲けようと、こっちの懐さえ痛まなければ構わないと思った小熊は、登録の代行に一つ条件というか、お願いを言い添えた。

　今回の事故で全損と判定され、同じショップに引き取られていた小熊のカブ50を安価で、出来れば無料で譲渡してほしいという要望。


　小熊は思いがけず程度極上のカブ90を手に入れる事となったが、目に見えないパーツの磨耗や劣化まではわからない。基本的に他人が整備したバイクは、走っていてどこが壊れるかが読めない。これから走行によって交換が必要な部品も出てくるし、部品取り車があっても困る事はない。

店員はあっさり事故車のカブを譲渡してくれた。フレームが損傷し廃車認定された旧式カブも、分解して売れば中古部品はそれなりに値がつくが、これくらいの規模を持つ店ではネットオークション等で剝《む》いたままの部品を捌《さば》く個人店舗や半アマチュアとは異なり、資格を持った作業者が部品を分解し取り外して洗浄し、値札と保証をつけて売り場に並べる。売り値からそれらの人件費を引くと、ほとんど儲けは出ず、保管スペースの消費まで考えると赤字になりかねないらしい。

小熊が全損したカブを欲しがる理由については特に聞かれなかった。高校時代にずっと乗ったカブへの愛着や哀惜とでも思っているんだろうかと思ったが、それは勘違いもいいところ。

これでもカブは自分で整備して乗っている。擦り減ったタイヤや切れた電球など、本来の用途を果たせなくなった消耗品に愛着を持って使い続ける奴《やつ》が、バイクに乗る人間としての適性に問題がある事くらい知っている。それはタイヤや電球と同様に損傷や劣化が安全性に直結するフレームやエンジンも、何ら変わりない。

壊れても直して性能を復活させられるような物を大切にする気持ちは確かにあるが、それが機械を扱う者としては危険で未熟な感情である事は理解しているし、物ではなく自分の培った技術への愛着があればいい。

ならば自分はなぜ全損したカブを、トランポと呼ばれるバイク輸送車を借りてまで持って帰ろうとするんだろうかと思ったが、単なる部品取り以外の理由は今のところ思い浮かばない。

理由未満の可能性のようなものがあるとすれば、まだ自分には広すぎる一軒家。小熊はそこに空白を埋める何かを置きたいと思った。

壊れた物、用途を果たした物は思い切りよく捨てる、小熊は常にそれを心がけているが、漏れなく実行することはなかなか難しい。

（6）スーパーカブ90

小熊は納車完了したカブ90に乗る前に、今まで乗っていた全損のカブ50を自宅に持ち帰るべく、借り物のワンボックス車に積んだ。

積載車の無料貸し出しを広告に謳《うた》っていた中古バイク店も、まだ自動車の免許を取って一年未満の小熊がハイエースを運転する事には不安そうな様子だったが、小熊が慣れた様子でワンボックスのテールゲートを開け、ラダーレールを掛けて運び込んだカブを車載用の締め上げベルトで固定しているのを見て、少々ながら安心した様子。

小熊にしてみれば、山梨に居た頃、出入りしていた中古バイク屋の手伝いで何度も繰り返した事。

夕方の通勤ラッシュに捕まったせいか、バイク店までの往復には思ったより時間がかかった。

町田市北部の自宅から国道十六号線沿いのショップまで、直線距離ではそれほど遠くないが、町田は渋滞箇所がやたらと多い。

都下は他の市もこんなものなのかもしれない。これから東京で暮らすためには、カーナビやスマホが教えてくれる幹線道路だけではなく、間道や抜け道も覚えたほうがいいだろう。

冬よりは幾らか遅くなった日暮れが迫る頃、ワンボックスをバイク店に返した小熊は、遂《つい》に自分の新しい愛車、スーパーカブ90を受け取った。

店員から諸々《もろもろ》の書類と共にキーを受け取った小熊は、ヘルメットを被《かぶ》りグローブを着けてカブ90に跨《またが》る。高校時代に乗っていたカブ50と何も変わらない。そう思っていた小熊の目に、八〇ｋｍまで刻まれたスピードメーターが映る。

今まで乗っていたカブ50は、六〇ｋｍを超えるとメーターが役に立たず、小熊はデジタルのスピードメーターを追加しようと思っていたが、どうやらカブ90はそれがいらないらしい。

小熊としてはこのカブ90に、八〇ｋｍメーターでも足りなくなるくらいの性能を期待しているが、それは乗ればわかる事。

キーを差し込んで捻《ひね》り、キックスタートさせる。操作の方法も感触も、何から何までカブ50と同一。すでにショップによって暖機が行われていたようで、一発のキックで始動したエンジンの振動も同じ。音は少し太くなったかもしれない。

店員に礼を述べた小熊は、カブのスタンドを上げて走り出した。

全てが変わらない。初めてカブに乗った時に味わった鼓動の感触まで同じ。

店を出て国道に繋《つな》がる生活道路へと走り出した時、小熊は少し緊張した。

以前小熊がカブ50を原付二種登録するためシリンダーボーリングとブロック修正を行い、五二ｃｃにした時は、走り出しの感触は同じでも高回転域の反応が少し変わった気がした。礼子は五％の排気量アップなど積んでる荷物やガソリン残量、その日の気温や湿度で起きるような誤差の範囲だと言ってたが、三〇ｋｍの速度制限から脱した解放感もあったのかもしれない。

今回は排気量にして八〇％の拡大。もしかしてアクセルを開けた途端、今までの倍近いパワーが出て制御できなくなるのではないかと思いながら、恐々と速度を上げていったが、加速感はカブ50より少し上がったかなと思う程度。少なくとも低速でのトルクや発進加速が細いというカブ50の欠点は改良されているが、パワフルかといえばそうでもない。拍子抜けと言っても良かった。

そのまま国道に出た小熊は、カブ90のスピードを上げていく。ミッションはカブ50と同じ三速なので、シフトアップポイントも変わらない。さすがに高速域まで達する時間は少し短縮され、速度はスムーズに上昇していくが、期待していたほどではない。

代車として乗っていたカブＣ１２５は違った。加速も巡航速度も旧《ふる》いカブ50とは別物だった。別物すぎたから、小熊はＣ１２５への買い替えを断った。

90ｃｃといっても向上したのは耐久性や熱容量で、エンジンパワーにはそれほど貢献しないのかもしれないと思いながらカブ90を走らせていると、道路は鉄道を越える陸橋にさしかかった。

　小熊は軽いため息をつく。幹線道路の速い流れの中でも必要充分な性能を発揮するカブ50の、数少ない泣き所と言えるのは登り坂。

　坂の多い山梨では、後続の他車を制する速度で走っていたところ上り坂にさしかかり、失速したカブが後ろから煽《あお》られるような事が時々あった。おかげで山梨に居た頃は道だけでなく、登り勾配がきつく充分な助走が必要な箇所なども覚えるようになった。

　東京も山梨よりは平坦《へいたん》ながら、山坂だけでなく道路構造による坂も多く、たまに坂の途中にある信号でストップさせられたりすると、ただでさえ走り出しの遅いカブが坂の負担で更に鈍くなる。小熊はそのたび跨ってアクセルスロットルを回しているだけなのに、自分で走って坂を登っているかのような、もどかしい思いをさせられた。

礼子はそういう気持ちになるのがいやでカブに改造を重ねていた。椎《しい》は坂道に強い四速ミッションと電子制御エンジンのリトルカブで、何より他車より速く走る必要も無いと思っていたため、特に欠点とは認識していなかったらしい。

自分はどうだろうと思いながら、坂道を登り始めたカブ90の速度を出来るだけ落とさないようにスロットルを開けた。

小熊は自分の背が天使か何かに押されたような感覚を味わった。

実際にカブが急加速したわけではない。ただ当然来るべき減速に備え、無意識に準備していた体が裏切られた。坂を登るカブ90は、失速するどころかじわじわと速度を上げていく。

今までカブで当然のように感じていた登坂のストレスが無いまま、カブ90は坂の頂点に達した。オーバースピード気味になったのでスロットルを戻した小熊は、実際に乗ってみて初めてわかるカブ90の特性を理解し始めた。

幹線道路の巡航速度で走らせていると、スロットル開度もエンジンの回転もカブ50とほぼ変わり無い。しかし前車を抜き去るべくスロットルを全開にすると、淀《よど》みなく理想的な追い越し速度に達する。加速力が大幅に増大されたわけではない。ただカブ50で感じていた息つきや引っかかりが無い。

もう一度坂道にさしかかった。小熊の嫌いな坂道途中の信号で停止させられる。青信号に変わり、発進したところ、一速、二速で少し長めに引っ張っただけで、平地と同じように加速する。

カブ90はカブ50より劇的に速いバイクではない。ただ、カブ50の遅く鈍い部分、苦手とする箇所が綺麗《きれい》に消されている。既に優れている長所をいたずらに伸ばすことなく、ただひたすら欠点が潰されている。

カブに乗る人間はバイク愛好家だけではない、仕事で乗る人がカブ50とカブ90を使い分けなくてはいけない事もある。そういう時、50と90の走行性能が別物だと、訓練や習熟も二種類のものが必要となる。

新聞屋では今まで自転車すら乗った事の無いバイト学生や壮年者も、カブならば少し練習しただけで乗れるようになるらしい。一回覚えてしまえば、もう全てのカブを扱えるようになる。免許さえ持っていればその日の業務内容や保有車両に応じ、カブ50でも90でも同じ技術と感覚で乗る事が出来る。

カブの欠点の無いカブに魅せられた小熊は、明日の予定も忘れ走り回った。

ＨＡ０２スーパーカブ90、このカブこそが、いつまでも乗り続ける事が出来るバイクかもしれない。

（7）オリエンテーション

カブ90の性能をたっぷりと楽しんだ小熊は、日付が変わる頃に自宅へと戻った。

夕方にカブを受け取ってから数時間にわたってカブで走り続け、まだまだ走り足りない気分。

もう深夜に出歩いていても補導される事の無い身だが、大学の入学式を終えた今は、明日からの予定を色々と抱えている。

前の住人が数年前に付けたというダイニングルームの給湯コントローラーで風呂の湯を張り、湯が溜《た》まるまでの間に夕飯の準備を済ませた。

風呂が沸いたので、まだカブの振動の残る体を湯船に浸して一息つく。風呂の灯《あか》りを消して湯船の横にある窓を開けた。

昼間は多摩の里山と墓石の並ぶ霊園が見える風景は、陽《ひ》が落ちると漆黒の闇になる。目につく範囲に人工の灯りが見えないのが気に入った。

キッチンから炊飯終了のアラームが聞こえてきたので、小熊は窓を閉めて風呂から出る。

ダイニングルームのラジオでＮＨＫ‐ＦＭを流し、天井照明のスイッチを入れた小熊は、山梨のアパートから持ってきたテーブルにレトルトの牛丼とコールスロー、炭酸水を並べ、夕食を楽しんだ。

食後、皿を洗った小熊は明日の準備を進める。

翌日は大学生活における様々な決め事を済ませるオリエンテーションが予定されているが、正直あまり頭に入らない。洗濯を終えた服をダイニングに干した小熊は、高校時代にバイトしていたバイク便会社から貸与され、卒業時に押し付けられるように貰《もら》ったｉＰａｄで、カブのグッズや工具、室内を見回しただけであちこちに手を入れる余地のある木造平屋のリノベーションアイテムなどを見ているうちに、眠気が差してきた。

ダイニングの灯りを消した小熊は寝室に入り、日に焼けてややくたびれた畳の上に新調した布団を敷く。家の中でも寝室だけは和室として作り上げていったほうがいいのかもしれない。

寝室の蛍光灯を消して布団に入った小熊は、スマホの目覚ましをセットして眠りに落ちた。

短いが充実した眠りから覚めた小熊は、シャワーを浴びながら一張羅の外出着が洗濯中であることに気づいた。

ダイニングに干した速乾性コットンのライディングジャケットはもうほぼ乾いているが、デニムは湿ったまま。

雨戸を開けて外の陽気を見た小熊は、少し寒の戻った曇り空を眺めながら服を選び、カーキ色のリーバイス製コーデュロイパンツに、バイク用潤滑油メーカーの販促Tシャツ、ＫＡＤＯＹＡのダブルライダースジャケットを身に着けた。

スキッピィのピーナッツバターとクリームチーズを塗った四枚切りの分厚い食パン、トマトジュースとゆで卵の朝食を終えた小熊は、ｉＰａｄやオリエンテーションに必要な書類を帆布のデイパックに詰め、カブ90に乗って家を出た。

まだボックスの付いていないカブ90に荷物は積めないが、ならば背負えばいい。前のカブを買って間もない頃はそうしていた。それに、まだ何の箱もついていないリアキャリアがメッキで輝いている様は、ちょっと目新しくて新鮮な気持ち。

自宅からカブなら十分足らず。ほとんどが下り坂の通学路で、カブ90の性能を体感する暇も無く大学に着いた。人と車両が兼用する正門にカブを乗り入れ、敷地内の駐輪場に駐《と》める。

始まったオリエンテーションは、小熊にとって物珍しいものでありながら、昨日乗ったカブ90ほどの刺激や好奇心を与えてくれる内容ではなかった。

元よりこの大学に進学したのは、何かの学問を究めようという動機ではなく、自分の生活と人生をより良いものにするため、大卒という最も汎用性の高いチケットを手に入れる事が目的。

大学内のサークルやレクリエーションイベントの説明、勧誘が主たる中身だったが、興味を惹《ひ》かれるものは無い。小熊の趣味と最も係《かか》わりが深いと思われた自動車、バイク部は、勧誘をしていた連中の雰囲気が気に入らなかった。

続いて選択授業についての説明が行われるガイダンスを受けた小熊は、落第のリスクが少なく、かつバイトや遊びの時間を出来るだけ多く入れられるような組み合わせで履修を登録した。カウンター式の食堂で安く栄養のある物を選び、トレーに盛っているような気分。

オリエンテーションを午前中で終え、今日も学食で昼食を済ませる事にした。昨日と同じ窓際の小テーブルで、昨日とは違う丼物の昼食を摂《と》る。昨日この席に居た黒髪の美麗な女は居なかった。

　昼食を終えた小熊は、駐輪場へと向かった。カブのエンジンを始動させて跨《またが》る。

　今日はどこへ行こうか、ホームセンターにでも行ってリノベーションの資材を見るか、それより小熊はカブ90でもっと走りたかった。せっかくライダースジャケットまで着ているのだから、この格好に似合った事をすべき。カブ90の性能とその限界を、もっと試したい。

　これからどこに行こうかと、少し気持ちを昂《たか》ぶらせながら、敷地内でカブを徐行させていた小熊の進行方向に、何やら奇異な物があった。

　高校と異なり自由な雰囲気の大学キャンパス。あちこちで新入生獲得目的なのか、サークルが勧誘のアピールやパフォーマンスをしている。その中でも特に小熊の目を惹く白い塊。

　正門の方向から、冷蔵庫が歩いてきた。

（8）冷蔵庫

小熊は学内説明会で聞いた大学構内の二〇ｋｍ速度制限に従い、それまで徐行させていたカブの速度を更に落とした。

走行が不安定になったり繊細なクラッチワークを求められる事も無く、地面に足をついて倒れないようにする必要も無い。カブは走れるだけでなく歩ける。人の歩く速さで何のストレスもなく移動出来るカブの美点は、50ｃｃでも90ｃｃでも変わり無いらしい。

例外は礼子の乗っていた改造カブで、低速低回転ではまともに走らない。礼子はそんなくだらない物はとっくに捨てていた。

小熊は改めて目前の異変を注視する。大学の正門から入ってきたのは、移動する冷蔵庫。今から大学敷地を出ようとする小熊とカブに接近してくる。

小熊は周囲の学生や職員を見回した。昼時で帰宅や外出をする人間の出入りがそれなりに多い正門前。勝手に動く冷蔵庫はそれなりに人目を惹きつつ、皆が悲鳴を上げて逃げるほどの奇怪な現象でもない様子。

広い正門と通路。特に通行の支障にはならないので、小熊は歩行速度を維持しつつ進路を少しずらし、動く冷蔵庫とすれ違った。

異変の正体はあっさり判明した。冷蔵庫の後ろに誰かが居る。

台車の上に乗せたらしき冷蔵庫を、一人の女の子が押していた。

緑色のシンプルなロングワンピースを着た小柄な少女は、家庭用としてはやや大きめな三室構造の冷蔵庫を一生懸命運んでいる。

研究やサークル活動などで、大きな荷物を運び入れる事も多いであろう大学構内。部屋の引越しか何かだろうと思った小熊は気にも留めず、冷蔵庫を押す少女の横を通り過ぎた。一つ小熊の心に引っかかった事があるとすれば、運ぶ手順。

少女は冷蔵庫を平台車と呼ばれる、四角い板の四隅にキャスターがついただけの台車に乗せて運んでいる。

小熊も短期の倉庫内バイトなどで使った事のある荷物用台車は少々扱いが面倒で、気まぐれなキャスターのせいか扱いの荒さによる劣化が原因か、ただまっすぐ押しているだけなのに見当違いな方向へと進んだり、動いてはいけないところでどんどん動き、動いてほしいところで動くのを渋ったりする。

案の定、平坦《へいたん》ながら台車の小さなキャスターにとって起伏の多いアスファルトの路面抵抗で絶えず揺れていた冷蔵庫が、音を立てて傾く。

小熊がバイクに乗る人間の特技を活かし、一秒の何十分の一かの間、路面に視線を走らせたところ、正門前の通路を排水溝が横切っていた。溝に蓋をしている網目のグレーチングにでも引っかかったんだろう。キャスターの上に乗せられた冷蔵庫は、気休め程度に縄で結ばれていたが、古紙集積所で時々見かける、回収する人間の気持ちを全然考えていない古新聞の束のように、ちょうちょ結びにしただけの縄は緩んでいて何の役にも立っていない。

どちらにせよ自分には関係無い事だと思った小熊は、冷蔵庫を運ぶ少女を一瞥《いちべつ》した後、正門から大学敷地の外に出た。

小熊は今日もこれから色々な用事を抱える身。人助けなどしている暇は無い。奇行を行う人間は奇人。まだこの大学をよく知らぬ新入生の自分が、浅い考えで係わると面倒な事になる手合いの人物かもしれない。

私有地と公道を分ける大学正門にさしかかった小熊は、ウインカースイッチに指を触れさせながら、どちらに曲がろうか少し迷った。

どこか行く先があるわけではない。今日は買い物や所用よりも、カブ90に習熟し、その魅力を味わうため走りこむと決めている。

小熊の背後では、何とかグレーチングの溝を乗り越えたらしき少女が、路面のゴミか何かを台車で踏んだらしく、自分に向かって倒れそうな勢いで傾いた冷蔵庫に短い悲鳴を上げるのが聞こえた。

ウインカースイッチから指を離した小熊は周囲を確認した後、ギリギリ道交法の及ばない大学敷地内でカブをターンさせ、引き返した。

なんとか倒壊を免れたらしき冷蔵庫の横にカブを駐めた小熊は、緑色のワンピースを着た少女に声をかける。

「どこまで運ぶんですか？」

今の小熊にとって最も優先すべきはカブ90の性能を知る事。それならば、まずは重い荷物を載せた時の走りについて試してみたいと思った。

（9）麻の少女

小熊に声をかけられた少女は、あからさまな警戒の表情を浮かべた。

自分の背丈よりずっと高く、体重より重そうな冷蔵庫を盗《と》られまいと両手で押さえている。

もしも小熊が本当にこの冷蔵庫の強奪を考えているなら、何の役にも立たないであろう仕草。一緒にこの少女まで盗まれてしまいそうな姿だが、あいにく小熊の家には既に山梨から持って来た一人暮らし用の冷蔵庫があって、目前の冷蔵庫は大きすぎる。

小熊はまず少女を観察した。何かしらのコミュニケーションを取るには、外見から推察される特徴を摑《つか》まなくてはならない。

カブで道を走っていて目前の車を追い抜くべきか、それとも大人しく後ろにつくべきかを読む時と同じ。ドライバーが逆上して煽《あお》ってくる危険な人間かどうかは、車を見ればだいたいわかる。

少女は厚手の麻布で出来た、若草色のロングワンピースを着ていた。ただカットして縫ったけのような、チュニックスタイルのワンピースには、編んだ革紐《かわひも》で腰を縛っているだけでギャザーも飾り布も無い。ローブか貫頭衣を思わせるような服の裾や襟に見られる色ムラを見る限り、天然の染色材による手染めだろう。高価なオーダーメイドか、あるいはその逆なのかはわからない。

麻に包まれた少女の体格は小柄で痩せ気味。折りたためば運んでいる冷蔵庫の野菜室に入りそうなほど小さい。セミロングの髪は淡く灰色がかった色で、グリーン一色のワンピースのせいか、緑色を帯びているように見える。

小熊は旅館の仲居が履き物で客のランクを見るように、足元にも目を走らせた。高校の時から愛用しているブレードを取ったスケート靴を履いている小熊と同じような黒革のブーツを履いている。長靴のような、靴紐の無い革ショートブーツ。

履物のブランドに詳しくない小熊にも見覚えがある靴だった。あれは爪先に鉄板の入った作業用安全靴。少女は小熊に半ば背を向けるように半身に構えていた。小動物が天敵の肉食獣に遭遇し、相手が自分に気づくことなく通り過ぎるのを息を殺しながら待つような姿勢。

ショートブーツの上に覗《のぞ》くコットンの靴下は、もしも安全靴と同じ場所で買ったのなら、踵《かかと》と爪先が補強された軍足靴下かもしれない。

全身を天然の素材で包んだ少女は、この大学とどんな関係がある人物なのか小熊には判断できなかった。

大学生にしては若く見えて、何より服装が女子大生っぽくない。職員にも大学出入り業者のアルバイトにも思えない。小熊が直感的に抱いた感想は、中世か近世の世界から何かの間違いでこの日本にやってきたような姿だが、どうやら貴族や騎士ではなさそう。

美術や服飾を専攻する大学ならばよく見かけるであろう恰好《かっこう》。しかしそれらの学科の無い公立大学では物珍しい姿。革ツナギやタキシードのようなわかりやすい異装ではなく、多くの人間が何の特徴もない通行人の一人として認識し、そのうちの何人かは言葉で言い表せない違和感に気づいて振り返るような、漠然とした奇異。

少女に少し興味が湧いてきた小熊は、ライダースジャケットのポケットからスマホを取り出した。

最近になって買った手帳型のスマホケースを開ける。中には昨日の学内説明会で貰《もら》ったばかりの学生証を差し込んであった。

開いたスマホケースを少女に見せた小熊は、刑事か何かになったような気分で名乗った。
「人文学部一年の小熊です。その冷蔵庫の運び方はとても危険です。よろしければお手伝いしたい」

冷蔵庫に手をかけたまま小熊の学生証を眺め、やや難読な苗字《みようじ》に顔をしかめていた少女は、小熊の自分が名乗ったんだから、という無言の圧力に押されるように、背負っていたバッグを開けた。

バッグもまた麻だった。ワンショルダーバッグといえば聞こえがいいが、要するに貨物船などで見かける、積荷のコーヒー豆や小麦粉を入れるドンゴロスと呼ばれる粗い麻布の袋。

自然素材系のお洒落《しやれ》をしている女子がたまにファッションで持っているが、そのようにもそうでないようにも見えるドンゴロスに手を突っ込み、しばらくかきまわしていた少女は、小さな革袋を取り出して、中に入っていた紙を小熊に示した。
「あの、春目《はるめ》といいます」

紙の学生証を見た小熊の表情が少し動く。

若草色の麻を纏《まと》った少女は、小熊と同じ学年、そして同じ専攻だった。

(10) 人頼み

小熊は目の前の少女に対する口調を改めるべきか少し迷った。

どちらにせよもう遅い。今さら慣れぬタメ口に切り替えるより、非礼な人間ではないことを言動で示したほうがいいと思った小熊は、冷蔵庫に触れながら言った。

「運んであげます」

春日と名乗る少女は、自分がここまで運んできた冷蔵庫と、小熊の乗っている原付バイクを交互に見た。

カブを見た春日の瞳が失望とも嘲りとも取れる、この少女の雰囲気には似合わぬ嫌悪を窺《うかが》わせる感情を浮かべた。バイク、原付に詳しい人間以外からは必ずしも評価の高くないスーパーカブに乗っていると、そんな目をされる事にはいい加減慣れてくる。

春日はカブを、正確には台車よりだいぶ高い位置にあって、冷蔵庫をそこまで持ち上げなくてはならないカブのリアキャリアを見ながら言った。

「出来ないですよ」

断られたら善意の押し付けになる前に潔く引こうと思っていた小熊は、カブ90の積載能力を否定された気分になった。目の前の冷蔵庫を絶対に運んでやる事に決める。

「可能です」

それだけ答えた小熊は、とりあえず冷蔵庫に掛けられた何の役にも立っていない縄を外すことにした。結びの甘い荒縄は簡単に解《ほど》ける。

台車を左右に動かし、アスファルトの抵抗で容易に動かない台車には車止めの類はいらないと判断した小熊は、冷蔵庫を押して軽く傾けた。

一般的な家庭用冷蔵庫の重さ。六十ｋｇはあるように思える。小熊の力でカブに積むのは可能か不可能か微妙な重さ、つまり一人で持ち上げるリスクは高い。春目という少女と二人がかりでも、危険性は変わらないだろう。

冷蔵庫を押して台車が動かない事をもう一度確かめた小熊は、カブと冷蔵庫から離れ、帰宅中の学生たちに向かって手を上げた。

「すみません。荷物を積むのを手伝って貰えますか？」

バイクではなく車、それも旧型車やチューニングカーに乗っていると、道路で突然エンジンが止まるトラブルはよくある事らしい。そんな時に自分一人では車を道端に寄せられない。だからといってロードサービスを呼び、レッカー車が来るのを待つのは、公道の円滑な通行を阻害している身には悠長すぎる。

小熊がカブに乗るようになって知り合った車好きな人たちの多くは、車が動かなくなった時に、周りを歩く見ず知らずの人に助けを求めた経験を持ち合わせていて、エンジントラブルや脱輪、バッテリー上がりなどを何度も繰り返すうちに、一人では脱出不可能な窮地を、人頼みで何とかする事にも慣れてくるらしい。

小熊も先日スーパーカブに乗っていて同様の経験をした。他人に積極的に助けを求めることはしなかったが、タクシーに撥《は》ねられ、そのまま道の上に転がっていたら後続車に轢《ひ》かれそうな状況で道の端まで引きずってくれたのも、小熊ほどダメージを受けていなかったカブを移動してくれたのも、現場の周囲に居た赤の他人だった。無論小熊自身も道路上で他車のトラブルに手を貸した経験が何度かある。

女子二人が困ってる様は物珍しいらしく、すぐに数人の学生が寄ってきた。そのうちの一人が小熊のカブを見て「積めるの？」と聞いたので、小熊は「積めます。ヒト一人より軽い」と答えると、納得した様子。

四人ほどの人手を使ってカブの後部荷台に冷蔵庫を載せた。小熊は重心の高い荷物に縄をかけた。小熊のバイト先では引越し結びと呼んでいたが、正式にはトラッカーズヒッチと呼ばれるらしい体重をかけて締め上げる結び方でしっかりと固定する。

引越し作業では家具に縄が食い込んだり擦れたりして傷がつかないように家具に当てる古毛布を、少女が持っていた財布替わりの革袋以外何も入っていないドンゴロス袋で代用し、冷蔵庫を積み終えた小熊は、春日と共に手伝ってくれた人たちに礼を述べた。

無事積載された冷蔵庫を見上げた春日はカブの前まで出た。台車を冷蔵庫とシートの間に挟んでいた小熊に言う。

「あの、案内します、あんまり速く走らないでください」

荷積みを手伝っただけで息を切らせている春日が、これからカブを先導し走るという仕事に備えて深呼吸しているのを見た小熊は、シートの上で腰を後ろにずらし、前部を掌《てのひら》で叩《たた》いた。

見た目は小熊より一回り以上小柄な春日。カブのシートに二人乗り出来るだろうと思った。それに以前身長百四十ｃｍに満たぬ同級生の椎を前カゴに押しこんで走った時ほど怖い乗り方ではない。

春日はカブに乗ろうとしなかった。カブなんかに乗るのは恥ずかしいのか、走って案内すると言って譲らない。小熊はこのまま強引に乗せようと思ったが、結局のところ手を前に振って春日の望む方法に従った。

「走らなくていい」

それだけ言った小熊は、早歩きする春日の後ろからカブでついていった。

（11）プレハブ

後ろに冷蔵庫を積んだカブ90は、発進時に少しふらついたが、小熊がスロットルを開け、丁寧にスピードとトルクを乗せると問題無く走ってくれた。

前を歩く春日に合わせスピードを調整したが、カブは安定した様子で徐行する。

以前乗っていたカブ50もそうだった。一人で乗っている時はトルクの細さから来る発進加速に不満を覚える事もあるが、走り出してしまえばごく自然にコントロール出来る。カブの凄《すご》いところは、その感覚が空荷でも重荷や二人乗りでもさほど変わらない事。カブ90になってからは、その重さと鈍さはほぼ同じながら、安全な速度に達する時間が短縮された。

これならば重心移動にさえ気を使えば、大学構内の低速走行だけではなく外の幹線道路も平気で巡航出来るだろう。

春日の先導に従い、まだ小熊には不案内な大学敷地の奥へとカブを進める。この冷蔵庫の運び先は、サークル部室棟と実験温室の間にある細い道の行き止まり、大学敷地内に作られた人工的な森の中にあるらしい。

周囲を木々に囲まれ、山梨でもよく見た森林道路といった感じの薄暗い道を、勝手知った様子で歩く春目についていった。道幅は普通の車は通れないが軽自動車なら何とか通行出来るサイズ。

細いコンクリート舗装の道に入ってしばらく走った小熊は、誰ともすれ違わず、誰も追い越していない事に気づく。

大学の各棟や施設の間を繋《つな》ぐ構内道路というものは、いつも誰かしらが何らかの目的や行き先を持って移動している。そんな人の流れから外れたような道を辿《たど》った先にあるのは、一体どういう場所なのか。

鬱蒼《うつそう》とした森が途切れたところで道は行き止まりになる。木々を切り開いた空間に、一棟のプレハブが建っていた。

一般的なワンルーム八世帯の安アパートと同じくらいの大きさの二階建てプレハブ建築は、建ってからそれなりに年数が経過しているらしく、あちこちに錆《さび》が浮いていた。

プレハブの横には、建物と同じくらいくたびれた軽バンが駐《と》められていて、裏手に焼却炉が見える。

「ここです」

春日がプレハブを指さすので、小熊は鉄階段の近くにカブを駐める。

降車して重いセンタースタンドを上げた小熊が、この人気《ひとけ》の無い場所で冷蔵庫をどう下ろそうかと考えていたところで、目の前の引き戸が開き、中から誰かが出てきた。

「おかえり。春日君」

黒留袖を仕立て直したらしき、漆黒の生地に牡丹《ぼたん》の刺繍《ししゅう》が入ったワンピースドレス。紫がかった黒髪、周囲から光を奪うような目。

地の果ての薄汚れプレハブに、小熊が昨日学食で見かけた美麗な女が居た。

春日はカブのリアキャリアに結び付けられた冷蔵庫を得意げに叩きながら言った。

「見てください部長。まだ三年も使っていない完動品ですよ。こないだ殺人事件が起きた柚木《ゆぎ》の一軒家で貰《もら》ってきたんです」

部長と呼ばれた女は冷蔵庫に触れながら答えた。

「相変わらず春日君は目ざとい、素晴らしい品だね、それに」

美麗な女は黒い瞳で小熊を見る。

「いい出会いがあったみたいだね」

小熊はこの冷蔵庫をどうにかして下ろす事しか考えていなかった。一刻も早くこの神の救うべき対象のリストの最後に載っていそうなプレハブから退散したほうがいい。

(12) 竹千代《たけちよ》

目を合わせていてこちらから逸《そ》らしたくなる女というのは初めてだと思った。

スーパーカブの側《そば》に突っ立ったまま、部長と呼ばれた人物と対峙《たいじ》した小熊は、目前の美麗な女の瞳をまともに見られなかった。

衣服と髪の色合いに影響されているのか、こちらを見つめてくる瞳はとても黒く、昔からマンガやアニメで悪役の色として黒が選ばれる理由がよくわかった。

とりあえず、この女が大学生活における脅威となりうる存在か否かを見定めようと思った小熊は、時に顔や口から出るものより雄弁に人格を表す体型を盗み見た。

背は女子としては少し高め。百五十ｃｍ台後半の自分より十ｃｍは高いかもしれない。

痩せ型ながら女性らしい起伏に恵まれた体から伸びる手足はほっそりとしていて、一見したところ華奢《きやしや》な印象を抱いてしまいそうになるが、ダイエットなどで作られた細さではない。日常的に運動をしているらしき健康的な筋肉と腱《けん》が内包されていて、それを動かすスタミナ源として必要にして充分な脂肪が乗っている。贅肉《ぜいにく》の類は見当たらない。

小熊は彼女の素性を探るため、両脇に無防備に垂らした掌を見ようとした。警官が職務質問でよく見る部分。少なくとも肉体労働をしているか、それらに縁の無い生活をしているのかがわかる。

美麗な女は小熊が視線を動かす前に手を差し出した。

「経営学部三年の竹千代だ。よろしく」

小熊は竹千代と名乗る女のハスキー気味な声に促されたかのように握手の手を出す。握力は小熊ほど強くなかったが、握っている間ずっとこちらの情報を吸い出されているような気分になった小熊は、春日にそうしたように学部と学年、ファーストネームだけを名乗り、すぐに手を放す。

小熊にも恐《こわ》い物は色々ある。バイクに乗っている限り避けられない事故や故障、そして絶対に避けられない各種の請求。他にも嫌悪を催す類の人間との接触や、病気の類など。

竹千代という女は、小熊の今まで知るいかなる要素にも分類できない恐怖を感じる。陽光眩《まぶ》しい青空を見上げていて、なぜか視界の隅に黒い太陽が見えたような気分。

何かこちらに対して害を為《な》すわけでもないのに、絶えず将来自分の身に起こり得る不幸を伝えてくるような存在。

恐い物と出くわした時にすべき事は決まっている。一刻も早く逃げようと思った小熊は、先ほどから小熊と竹千代を交互に見ている春日という女の肩に触れながら言った。

「彼女がこの冷蔵庫を運んでいるのを見て、お手伝いさせて頂きました」

春日とはそれだけの関係で、荷物を下ろしたらさっさと帰ることを言外に伝えたところ、竹千代は冷蔵庫を見上げながら言った。

「私たち三人で下ろせるかな」

いつのまにかこの汚らしいプレハブに巣食う怪しい二人の間に取り込まれている事に、背筋に寒気が走るような思いをさせられた小熊は、竹千代と春日に言った。

「十ｋｇの荷物を持ち上げることが出来ますか？」

春日が手を上げ、竹千代も頷《うなず》いた。それならば自分の力を足して、この六十ｋｇの冷蔵庫は問題無く積み下ろしできると判断した小熊は、冷蔵庫を積んだカブを、プレハブ前の敷地にあった石造りのベンチに寄せた。

小熊が二人の服装を見るに、春日の着ている麻布のチュニックは貧相ながら力仕事の類をしてもビクともしないほど丈夫そうで、元から薄汚れている。自分も上着を脱げば作業に向いたデニム上下。竹千代と名乗る服の汚れる力仕事は人に命じていそうな女は、たまには自分で汗を流しお綺麗《きれい》なワンピースドレスを汚してみればいいと思った。

「まずここに下ろし、それから台車に下ろす。それであの大窓から運び入れる事が出来ます」

本当にそんな事が出来るのか不安な様子の春目を促しながら、竹千代はカブの片側に取り付いて冷蔵庫に手をかける。小熊も一箇所を引っ張るだけで強固な結びがあっさり解《ほど》けるトラッカーズヒッチの縄を手早く外し、冷蔵庫の下部を持って力を籠《こ》めた。

カブの荷台から高さ三十ｃｍほどのベンチ、地面に置いた平台車と、二段階に下ろしていったおかげで、冷蔵庫は無事プレハブの中に運び入れる事が出来た。

学校の教室くらいの広さがある室内は冷蔵庫だけでなく、あらゆる家具や家電、用途不明の機械類や建材など、雑多な物が並んでいた。小熊が興味を惹《ひ》かれ見回していると、背後から竹千代の声がした。

「この大学の内外で不要になった物の中で、再生可能な品をここに集めているんだ」

この女の声は心臓に悪いと思った小熊は、プレハブを出て竹千代たちから離れながら言った。

「では、私はこれで失礼します」

冷蔵庫の上げ下ろしをしながら、特に疲労した様子の窺《うかが》えぬ竹千代は、汚れ一つ付いていない着物生地のワンピースドレスを翻した。染め抜かれた牡丹の花が揺れる。

「これほどの助力を受けながら何の礼もしないのは、我々としても心苦しい」

竹千代はそう言いながら、背後で冷蔵庫を縛り付けていた荒縄を大事そうにドンゴロスの巾着袋にしまっていた春目を視線で促した。

春目は竹千代からの無言の指示に対し即座に動いた。ドンゴロス袋を石造りのベンチに放り出して小熊のところに駆け寄ってくる。

「よかったらお茶でも飲んでいって」

小熊はガラクタで満たされたプレハブを振り返り、それから大学敷地の中でも忘れられ隔絶されているような、木々に囲まれた草地を眺めた。少なくとも視界の範囲にスターバックスやドトールは見当たらない。

「どこで、ですか？」

先ほどプレハブ前で遭遇した時からずっとアルカイックな微笑《ほほえ》みを浮かべていた竹千代が、プレハブの外階段を指しながら言った。

「もちろん我が〝節約研究会〟の部室さ」

小熊はここで二人を振り切ってカブで逃げていれば良かったと後に何度も後悔したが、きっと新しく入ったばかりの大学は情報のインプットが多すぎて、判断力を鈍らせていたんだろう。

もしかしたら、ここ数日の新しい生活で、自分には縁のないものだと思っていた他者への興味という感情が意識の深層に広がっていたのかもしれない。

（13）節約研究会

　工事現場で見かけるようなプレハブの外階段を登った小熊は、一階を埋め尽くしていた不用品、この竹千代という女の言葉を借りるならリサイクル商品が二階にまで侵食しているのを見て、このまま後ろからついてくる春日を蹴り倒して逃げたほうがいいのかもしれないと思った。

　一階が家具や建材の部屋として使われているのに対し、衣類の保管場所として機能しているらしき部屋の前を通り過ぎた竹千代は、アルミサッシの引き戸を開けて奥の部屋へと小熊を招き入れた。

　引き戸の磨《す》りガラスには、工務店やビルテナントで見かけるような切り文字が貼り付けられていた。

　～節約研究会～

　この得体の知れぬプレハブの正体が少しだけわかった気がした小熊は、いつでも逃げ出せるよう全方位に気を配りながら入室した。

内部はコンクリートが張られた一畳ほどの三和土《たたき》を経て、床が一段高く嵩上《かさあ》げされていた。竹千代が磨かれたクリ材の上がり框《がまち》を指しながら言う。

「ここでは靴を脱ぐんだ」

小熊はバイトの面接や客先への訪問でも、土足禁止の場所が苦手だった。靴を脱ぎ備え付けのスリッパに履き替えた途端、逃げる足を奪われたような気分になる。

竹千代は足を揃《そろ》えて座り、黒いワンピースドレスに似合っているような、和服地の素材にはミスマッチなようなウイングチップの男性用ビジネスシューズを脱ぎ、土間の横にある昔の銭湯で見かけたような下駄箱《げたばこ》にしまっている。

この先にある物に少し興味を惹かれ始めた小熊は、何か危ない目に遭ったら靴一足くらい諦めて逃げようと割り切って自分の革ショートブーツを脱いだ。こういう土足禁止の場所にありがちなスリッパを勧められたが、小熊は首を振った。

あのスリッパという物を履くと、足裏がどうにも不安定な、スーパーカブのタイヤに布でも巻かれ、アスファルトに食いつく機能を奪われたような気分になる。

小熊が三和土から床に上がると、春日が框に座り込み、靴紐《くつひも》の無い安全靴を足から引っこ抜いた。靴下は思った通り軍足。黒革の半長靴は傷だらけで、すりきれた爪先から鉄板が覗《のぞ》いている。

玄関スペースの先にはもう一つ引き戸があった。精緻《せいち》な模様の入った障子戸。建て売り住宅で見かけるような安価な物ではない事は、滑らかに開く感触でわかる。

障子を開けると、中は十二畳ほどの和室。小熊の木造平屋にある物よりずっと上等な畳が敷き詰められ、中央には炬燵《こたつ》が置かれている。部屋の奥には縄暖簾《なわのれん》がかかっていて、台所らしき物が見えた。

プレハブ特有のスチール板一枚だけの壁は、唐紙《からかみ》を貼った木枠のボードで隠されていて、天井には杉らしき木の板が貼られている。いずれも安価な偽物ではない。

当たり前のように最奥の上座に落ち着いた竹千代が、自分の左側に置かれた座椅子に座るよう促す。出口側の下座が割り振られているであろう春目は、部屋に入るなり縄のれんをくぐって台所に入り、ヤカンにお湯を沸かしている。

小熊が足を突っ込んだところ、炬燵は掘り炬燵だった。小熊が居た山梨でも旧《ふる》い邸宅にあった気がする。真冬ほど寒くないが、エアコンいらずというにはやや寒い今日の気候には、仄《ほの》かに暖かい炬燵が心地よかった。

上等な炬燵布団に指で触れた小熊は、部屋を見回して言った。

「金がかかっていますね」

台所で湯呑《ゆの》みをひっくり返す音が聞こえた。竹千代は口に手を当てて笑っている。それから小熊に言った。

「全部、タダで貰《もら》ってきたものだ」

小熊はもう一度部屋の調度品を眺めた。目の前に置かれた炬燵の天板さえ、家電量販店では見かけないような分厚い楓《かえで》材で出来ている。他にも値の張りそうな物があちこちに置かれていた。

置かれた物の価値や入手経路より、小熊は価格相応に重量の嵩む物が幾つも置かれた床の強度が気になったが、歩いた時も揺れや軋《きし》みの感触は一切無かった。プレハブは構造が単純なだけに必要に応じ自在に補強出来る事を思い出す。

竹千代はこの不可思議な場所について聞きたい事が幾つも湧いてきた小熊を見つめ、謎めいた笑みを浮かべた。

（14）熊笹《くまざさ》のお茶

炬燵に入った小熊が、油断ならない気持ちを保ちつつ寛《くつろ》ぐという矛盾した行動を取っている間に、お茶が運ばれてきた。

目の前に置かれた茶托《ちゃたく》と白無地ながら薄く上等な湯呑みも、どこかからくすねてきたんだろうかと思いつつ、芳香だけは申し分ない薄茶色のお茶を啜《すす》る。

香りに違《たが》わず、強い苦味とすっきりした後味のお茶だった。

鋳物の茶瓶から竹千代の湯呑みにお茶を注《つ》ぎ、自分のものらしき寿司屋《すしや》の湯呑みをお茶で満たしている春日に、目線だけで頷いて美味である事を伝えると、春日は誇らしげな様子で茶瓶の中を見せてくれた。

「熊笹の葉を煎じたお茶なんだよ。近くの山で摘んできたの」

小熊は湯呑みを爪先で弾《はじ》いた。澄んだ音と感触。これと同じ物をどこかで見た記憶がある。そんなに昔じゃない。高校時代、バイク便の仕事をしていた頃、世間から一流と呼ばれている老舗企業で急に足りなくなった物を届けたところ、現場の混乱で待ち時間が発生し、応接室に通された小熊はお茶を出して貰った。確か中身はその企業のランクに似合いの高級な茶葉から丁寧に淹《い》れられた物で、香気豊かなお茶に相応の品と思われる湯呑みがこれと同じだった。

　どうせ学年も専攻も異なり、これから先の大学生活で係《かか》わる事は無いであろう竹千代の使っている湯呑みの出自など、推量してもさほど益の無い事だと思った小熊は、続いて出てきた茶菓子の饅頭《まんじゅう》も頂く。

　こっちは蒸したてとはいかなかったが、微《かす》かに白檀《びゃくだん》のような香りのする上品な紙箱に、白皮とよもぎの皮の小ぶりな饅頭が交互に納められ、食べてみると奇を衒《てら》う事無く、安心して食べられる饅頭の味。苦味の強い熊笹の茶との相性が良かった。

　どこかで食べたことがあるようなと思って箱を見ると、葬祭場の名前が入っていた。小熊をもてなすために振る舞った菓子は葬式饅頭。ジョークとしては二流だが饅頭は美味だった。

　とりあえず、ここまで冷蔵庫を運んだ礼ということなので、茶菓子を供にお喋《しゃべ》りの一つもしたら帰ろうかと思った小熊は、あまり得意ではない世間話とかいうものの取っ掛かりが無いかと部屋を見回した結果、手近にある茶瓶を指さした。

「この熊笹のお茶は美味《おい》しいです」

お客さんにお茶を出す仕事を終え、掘り炬燵に落ち着いた春目が、自慢げな様子で言った。

「大学から北へ行くと、町田市に入ってすぐのところに、いいお茶や山菜が採れる山があるの。部長が地主のお婆《ばあ》ちゃんに許可を貰ってくれたんだよ」

小熊には話の内容より、春目が町田という単語を口にした時の竹千代の視線が一瞬、春目を制するような動きをしたのが気になった。小熊はその町田の山で暮らしている。まさか新入学生の一人に過ぎない自分の住処《すみか》を知っているはずはあるまいと思った。

もし、ついさっき対面してから今までの間に、顔認証や学生証のデータなどから調べたならば、この部室は節約なんかではなくオカルト詐欺商品の販売部と看板を書き換えたほうがいいだろう。

どちらにせよ、そろそろここが危険な場所かそうでないかを判断し、適切な行動を取るべきだと思った小熊は、春目に話の続きを促す。

「お茶に出来るほど良質な熊笹の群生は珍しいと聞いている。どこで採れたのか興味がある」

　得意げに口を開こうとした春日は、小熊にはいつもと変わらないように見える竹千代の視線に気づき、慌てて黙り込んだ。

　自らの安全と利益のため、少しでも情報が欲しいと思った小熊は、春日から視線を外した。先ほどから一言も発する様子の無い竹千代を見る。

　小熊はこの捉えどころの無い女の謎めいた瞳を鋭い目つきで見据えた。何か相手を攻める材料があるわけではないが、こういう時はブラフを使ったほうがいい。

　竹千代は観念した様子で苦笑する。これも彼女の装いだろう。小熊が見る限り、この竹千代という女は今まで一度も本音や心中を晒《さら》していない。

「どうやら君は私の浅知恵などお見通しのようだね。そう、私は小熊君の事を以前から知っている。そして私は君を我がサークルに招きたいと思っている」

　小熊はもう一つ食べようと思い、饅頭に伸ばした手を引っ込めた。熊笹のお茶も少し残したまま前に押しやる。

「私には金銭的にも時間的にも、サークル活動のような遊興を楽しむ余裕はありません。お茶、ごちそうさまでした」

　春日が小熊と竹千代を交互に見て不安そうな表情をする中、竹千代はミステリアスな笑みを崩さなかった。掘り炬燵から出ようとする小熊を止めるでもなく、追従するように上品な仕草で立ち上がった。

「私は、とある信頼に足る人物から、君が理に適《かな》わぬ事では動かない人間であると聞いている。どうか我がサークルの活動の見学をしてほしい。君に我々と行動を共にする理由を示せるかもしれない」

　それはあやしい商法への勧誘を行う奴《やつ》がよく使う物言いだと思った小熊は、係わりたくないと思い背を向けて障子を開ける。一礼して部屋を出た小熊が玄関の上がり框に座り込み、ショートブーツを履き直していると、いつのまにか真横で膝をついていた竹千代が、小熊の耳元で囁《ささや》いた。

「四日後。日が沈む頃に、ここで」

（15）ホームセンター

小熊が山梨から東京に引っ越すに当たり、心配事のようなものが一つあった。

スーパーカブの維持や日常生活に要する物を、山梨と同じように入手出来るか否か。

日々購入する物は価格も品揃《しなぞろ》えもネット通販のほうが概《おおむ》ね優れているが、それでもなお、実店舗で直《じか》に見て買ったほうがいいものもあるし、小熊とスーパーカブの暮らしに必要な物は、その概ねの外にある事が多い。

とはいえ日常的に散財する生活はしていない。今まで暮らしの中でよく行っていた店さえあればいいと思っていた。食料品を買うスーパーと、日用品を買うホームセンター。

どちらも山梨に住んでいた頃は、家からカブで十分少々の近場に店舗があり、少し足を伸ばせばロードサイドの大型店まで行く事も出来た。

何もかもが狭苦しい東京において、広々とした店に原付を駐《と》め、自由な買い物が出来るのかという小熊の懸念は、まったくの杞憂《きゆう》である事がわかった。

小熊は自分の住む町田市北部から私鉄で一駅分くらいの、唐木田《からきだ》駅近辺にあるショッピングモールに来ていた。

広大な駐車場と駐輪場のあるモールには、ホームセンターとスーパーマーケット、家具店と家電店の大型店舗、カジュアル服店やゴルフ用品店、レストラン棟まである。

それだけでは飽き足らず、広い道路の向かい側には大型家電店がもう一つ建っていて、隣に見えるリサイクルショップも馬鹿でかい。

小熊が山梨に居た頃によく行っていた、ホームセンターと古書店系リサイクルショップ、中古カー&バイク用品店が向かい合った中央市の商業地区を思い出すが、物量はそれ以上だろう。

距離は自宅から一km強。丘陵の多い町田市北部でありながら、小熊の家のすぐ近くにある尾根幹線道路を走るだけなので、坂道はほとんど無い。この距離ならカブを出すまでもなく、自転車のほうが気軽に来られるかもしれない。

自転車の駐輪区画とは分離された、種々雑多なバイクの社交場のような駐輪場にカブ90を駐めた。盗難防止のワイヤーロックを掛けられるような柱やフェンスは無いが、駐車場には警備員が常駐していて店舗からも目が届くことを確かめた小熊は、カブに簡略なU字ロックだけをかけ、まずホームセンターに足を踏み入れた。

　小熊が初めてホームセンターに行ったのがいつだったのかは思い出せない。

必要性を意識して行ったのは、まだカブに乗るようになる前、母が失踪した直後だった。

不意の一人暮らしに要する物々を買いに行った時。

そこで催されていた官庁の施設閉鎖に伴う不用品放出市でパナソニック・レギュラーの実用自転車を買い、今でも乗っている。

　あの時はホームセンターというものが具体的に何を売っている場所なのかもわからず、高校生女子の自分には場違いな感覚を味わいながら店内を歩いた記憶がある。

　今は初めて行く店舗でも、地元でよく利用していた店と屋号やチェーンの系列は違えど同じホームセンター。案内板を一瞥《いちべつ》すれば、必要な物を置いている売り場まで迷わず行ける。その途中にある色々な売り物を見て楽しむ事も出来るようになった。

　今日の目的は生活用品の購入。しかし電動工具のコーナーで家庭用百V電源で使えるプロクソンの小さな旋盤を触ったり、保安用品コーナーで様々な種類の保護眼鏡を見たり、つい寄り道してしまう。

思うに初めてホームセンターに行った時の不安感は、周囲の棚に並ぶ商品が何に使う物なのかわからなかったのが理由だったんだろう。小熊はそう思いながら、今の自分には縁の無いペット用品コーナーに立ち寄り、カブの整備やカスタマイズに流用できそうな物を探した。

カー用品コーナーにも寄ってみた。車やバイクのタイヤは取り扱われていないのに、カブだけは別格といった感じでタイヤとチューブを置いてある事に感心した小熊は、ここに来た用を思い出し、生活用品のコーナーに行った。


品々を書き出したホワイトボード替わりの段ボールを撮ってきたスマホを見ながら、今朝まだ買ってない事に気づいたカーテンや、引越しを機に買い換えたいと思ったフライパン、続いて洗剤や歯磨き粉などの消耗品をカゴに入れた。新しい家の日当たりのいい模造大理石のキッチンを思い出し、陽《ひ》の光を受けて輝きそうなステンレスのタンブラーも買う。

寝室のベッドやデスクの脚が畳を凹《へこ》ませるという問題については、木材加工コーナーの隣にある端材売り場で、フローリング材の切れ端を幾つか買って下に敷く事にした。

概ね必要な物をカゴに入れた後、レジまで行く中途にあった家電コーナーで、小熊は衝動買いをしてしまった。風呂場で使えそうな防水のラジオ。

広くなったバスルームで入浴中に音楽を流したいという理由と必要性はあったが、実際のところカボチャのような緑色の見た目と、豊作ラジオという愛嬌《あいきょう》のあるネーミングに惹《ひ》かれたというのが本音。

レジで支払いを終えた後で、本当にラジオまで買ってよかったのかと思い少し後悔した。残高にはまだ余裕があるが無尽蔵ではない。

これからは差し迫った用の無い売り場をあれこれと回るのは控えようと思った小熊は、園芸コーナーを通って買い物の大袋を片手に店外に出た。駐輪場に見える自分のスーパーカブに向けて歩き出した小熊は、途中で足を止め、そのまま来た道を引き返した。

「家庭菜園って幾らくらいで出来るんだろう」

(16) カレーライス

ホームセンターに隣り合った大型スーパーマーケットに立ち寄り、食料品や日用品の買い物を済ませた小熊は、カブを置いた駐輪場に戻った。

後部ボックスと前カゴはここに来る前に廃車のカブ50から剝《む》いて取り付けたが、ボックスには積みきれず、普段あまり使わない前カゴまで満杯になったカブ90。取り回しの時には少々重かったが、エンジンをかけて走り出したところ問題無い。

小熊は駐輪場から表通りへと至るショッピングセンター敷地内の通路で、同じくスーパーで買った食材の袋をカゴに積んだ中年男性の自転車を追い抜いた。

妻に代わって買い物に出る夫でもなければ、単身赴任者や飲食店の従業員でもない、明らかに結婚の機を逃した独居中年らしき男性は、米や焼酎を積んだ自転車をふらつかせながら、ショッピングモール前の道路から大きな交差点へと至る緩い登り坂を見て、イヤそうな顔をしていた。

あのオジサンもスーパーカブを買えば、こんな苦労などせずに済むのに、と小熊は少し思ったが、逆に考えれば時々の纏《まと》め買いの時くらいしか原付バイクが役立つ事が無い。そういう人間には自転車で充分なんだろう。

日常生活にバイクがある事で得られる時間を素晴らしいと思う感性は、世の多くの人たちにとって無縁なものかもしれない。

小熊も次にこのショッピングモールに来る時は、嵩張《かさば》る買い物の予定が無いなら自転車で来てもいいと思っていたが、やっぱり出来るだけカブで来ようと思った。

そんなに買い物をしないつもりでも、実際に来てみると買う物が見つかる事もある。たとえば先ほど手が伸びかけて思いとどまった家庭菜園の用品など。

予想外の大荷物を積んだ時、きっとカブに乗って良かったと思う。

買い物を午前中に済ませて自宅に帰った小熊は、ボロニアソーセージとチーズ、ピクルスのサンドイッチとリンゴで昼食を終えた後、家の内外を片付けた。

まだ荷解《にほど》きを終えていない引越し荷物を部屋のあちこちに置き、今日買ってきたカーテンを窓のカーテンレールに取り付け、ベッドとデスクの下にフローリング材を敷く。

衣類はまだ収納する棚やボックスの類を買っていないので、とりあえず段ボールに詰めて寝室の押し入れに納めた。

中身が分類されていて簡単に取り出せる段ボール箱は、衣装ケースとして悪くなかったが、早く収納家具を買って、間に合わせの段ボール箱は捨てなくてはいけないと思った。

礼子から段ボールとそれを組み立てる糊《のり》はゴキブリやダニの大好物だと聞いたことがある。

キッチンに今日買った食材や調味料を置く。必要な物は買ったのに、あちこちに空間が出来てしまったのは、キッチンが物理的に広くなったという理由だけでなく、大きな窓のおかげで明るくなった事も原因なんだろう。

コンテナがある側に面し、小熊がバイクの部屋と名づけた四畳半も整理した。ライディングジャケットやワークマン・イージスの防寒ツナギを壁に掛け、小さな本棚を置いてバイク関連の雑誌や書籍を詰め込む。

コンテナ内に置く予定だった工具箱とカブの予備部品類も、とりあえずコンテナそのものの清掃をするまでバイクの部屋に置いておいた。

それだけでバイクの部屋と称するには少し淋《さび》しいので、棚の上に入院中シノさんが見舞いに持ってきてくれた、スーパーカブの1／12ミニカーを飾った。

外に出た小熊が、まだあまり伸びていない雑草を抜き、室内用の短い箒《ほうき》で家の周囲を一通り掃き、少々動きの悪い木の雨戸を外して桟と戸の当たり面を掃除し蠟《ろう》を塗ったところで、陽が暮れてきた。

小熊はだいぶ動きが滑らかになったが、経年劣化で木そのものの強度が落ちている雨戸を閉め、古びた玄関灯を点《つ》けて家の中に入る。

昨日はシャワーで済ませたので、今日は浴槽に湯を張ってゆっくりと風呂に入った。

昭和三十年代に建てられたというこの家の風呂とトイレは、以前はタイル貼りの和式トイレとバランス釜の狭い風呂だったらしいが、前住人によって新しいユニットバスにリフォームされていた。

山梨の集合住宅も風呂とトイレ一体のユニット式だったが、それよりだいぶグレードが上の物らしく、トイレとは別に独立したバスルームの浴槽は足が充分伸ばせるくらい広く、汚れ付着防止加工された壁や追い焚《だ》き機能に加え、大きな窓までついている。

今日買ったばかりの豊作ラジオを壁に吊《つ》るし、ＦＭを聞きながらバスタイムを過ごした小熊は、山梨に居た頃からパジャマとして愛用している、ベトナム雑貨屋で買った黒い木綿の農作業服を身に着けた。

湯上りの小熊は、冷蔵庫から取り出した冷たいミネラルウォーターを飲む。

山梨よりだいぶ不味《まず》いと聞いていた東京の水道水は、思ったほどひどい味ではなかったが、そのまま飲むには抵抗がある。今飲んでいる南アルプスの天然水も、山梨では地下水の蛇口を捻《ひね》ればいくらでも出てくるのにと思い、引越してまだ数日なのに少し懐かしくなる。

コップ一杯の水を飲んだ小熊は、パジャマ姿で夕食の準備を始めた。炊飯器の内釜で米を研ぎ、昨日よりだいぶ中身が充実してきた冷蔵庫から肉や野菜を取り出し、模造大理石の上に置いたまな板で切り始める。

キッチンがまともに使えるようになって以来初めての夕食には、何を作ろうかとあれこれ考えたが、結局カレーにした。

カレーならチキンとトマトのカレーや奨学金の支給日前によく作る野菜のカレーなど何種類か作れるが、今日は豚バラ肉とニンジン、ジャガイモ、タマネギの、定食屋で出てくるような普通のカレー。

明日からしばらくの間は、温めてすぐ食べられる物が必要になる。レトルトも缶詰も買ってあるが、大量に作り置きするならカレーがいい。

やらなくてはならない事はまだ多い。この家で普通の暮らしが出来る物は揃《そろ》っても、自分にとって必要な物はまだある。

出来上がったカレーライスとレタスとタマネギだけのサラダをダイニングテーブルに広げた小熊は、開けっ放しの襖《ふすま》から見えるバイクの部屋に視線を投げた。

雨戸の向こうには、小熊が自分のスーパーカブを保管し整備する場所として作り上げると決めた、ＩＳＯ規格コンテナがある。

⒄ コンテナ

小熊は夕食の間、ずっとコンテナの事を考えていた。

とりあえず今日は家の台所や寝室の環境を整え、夕食後は大学の説明会や講義に必要な準備などをして寝るつもりだったが、ラジオを流し、カレーを食べながらも視線がコンテナのある方向から離れない。

屋外に置かれたコンテナの作業は、昼間の明るいうちに行ったほうがいい、それはわかっていても、小熊にとってガレージとなるコンテナの内部をどう作っていこうかと思いを馳《は》せているうちに、思考が止まらなくなる。


今乗っているスーパーカブや、カブの新しいパーツやグッズを買った時もこんな感じだった。コンテナはその中でも最も高価で大きい。

普段は何かを見ながら食事する事はしないが、タブレットを食卓に置いて色々なガレージを検索する。

趣味性の高い車やバイクの納まったガレージは、工具や部品だけでなく、書籍やメモリアルグッズなど、各々のオーナーの好みを反映したインテリアで飾られていた。

まるでオモチャ箱のようなガレージを見ていると、生活の場である木造平屋の内装を考えている時よりも、心が高揚してくる。

小熊が自分の乗っているスーパーカブとその工具をコンテナに仕舞《しま》うのは、盗難対策や風雨による劣化防止が目的。しかし、それだけではない。このコンテナ付きの借家を選んだのは、カブのある幸せな時間を過ごすため。


カレーとサラダをかきこむように食べ終わり、皿二枚とグラス、スプーンだけの洗い物を済ませた小熊は黒い木綿パジャマの上に、冬はライディングジャケットのライナーに使っているバージンウールのカーディガンを羽織り、クロックスをつっかけて外に出た。

平屋に隣接するコンテナは、日暮れ後も玄関灯と敷地に面した道路の街灯で淡く照らされていた。

とりあえず具体的な作業は明日行うとして、コンテナの状態だけでも見ておこうと思った小熊は、一旦家に戻って自転車用のＬＥＤライトを持って来た。

まずはコンテナの周囲を照らしながら回る。黄緑色のコンテナはコンクリートブロックの上に置かれていた。表面は風雨で薄汚れている。

小熊がここに引っ越す事を決めた時、付随するコンテナについてもあれこれと調べたが、輸送用ではなく倉庫の用途で据え付けられたコンテナは、十年くらいで錆《さび》や腐食で使い物にならなくなるらしい。

目の前にあるコンテナは、元々状態が良かったことに加え、ブロックで嵩上《かさあ》げされ地面からの湿気を防いでいるためか、見た限り外板の内部まで侵食するような錆は発生していない。

汚れた表面を手で擦《こす》ってみると、黄緑色の塗膜はまだ新しく、小熊が今の大学を卒業するまでくらいはガレージとしての役を果たしてくれそうだった。

暗い夜間に出来る外観の点検はこれくらいだろうと思った小熊は、内部を見てみることにした。

長方形のコンテナの短辺片側に、両開きのドアがついていたので、ドアをロックするハンドルバーに手をかける。

高校時代はバイク便の仕事で流通業務に従事していた小熊は、トラックのアルミパネル荷台とほぼ同じ構造のＩＳＯコンテナを開ける方法くらいわかっていた。それに相応の力が必要な事も。

ハンドルバーを起こして、ドアを上下に貫くロックバーを解除した小熊は、そのままハンドルを手前に引く。ドアが軽く軋《きし》みながら開いた。

コンテナのドアはそれなりに重かったが、毎日の開閉が苦になるほどでもない。仕事や学校ではなく遊びのためにカブを出す時には、むしろ気分を盛り上げる良い演出になるんじゃないかと思った。

ドアを開け放ち、内部をライトで照らす。フィラメント球ほど光の拡散しないＬＥＤライトでは、コンテナ内部全体が良く見えない。

小熊はもう一度家に戻り、バイクの部屋に置いてあった作業灯を持って来た。

電球は引越し初日に照明が玉切れしていたバスルームに使うため抜き取ったが、今日の買い物で浴室用のＬＥＤ電球を買ってきたので、バスルームには眩《まぶ》しすぎる屋外用高輝度電球は、先ほど本来の位置である作業灯のソケットに戻してあった。

作業灯の電源をどこから取るか少し迷ったが、前住人も倉庫として使っていたらしきコンテナの内部には電源が引き入れられていて、二口のコンセントが付いていた。

　コンセント周りを見た小熊は、綺麗《きれい》に処理された配線を見て、プロの電工技術者かそれに準じる人間が施工したものだと判断した。このまま使っても問題ないだろうと思い、コンセントプラグを接続した作業灯のフックを、コンテナの天井にあった構造部材の窪《くぼ》みに引っ掛けた。

　小熊は作業灯のスイッチを入れた。コンテナ内部が明るく照らされる。

　強力な光の下で改めて見たコンテナ内部は広かった。

　二〇フィートのＩＳＯ規格コンテナの面積は畳八枚分ほど、六ｍの奥行きを持つ長方形のスペースは、横幅も二ｍ半はある。

　これならカブとその工具を納めてもまだ余裕があるだろう。ありすぎると言ってもいい。カブをもう一台置いてもまだ余る。カブを運ぶ軽トラを入れても、奥行きの半分ほどしか使わないし、左右幅もよほど大きな車でない限り、ドアの開閉が問題無く出来る。

　小熊が暮らしている家の中でも寝室やバイクの部屋よりも広い空間は、生活に必要な物さえ持ち込めばここに住めそうだと思わせてくれる。もしかしたら台風や地震の時は木造平屋の家より、鋼の壁で守られたこのコンテナの中に籠《こも》るほうが安全かもしれない。

非現実的な空想を打ち切るべく、小熊は一旦外に出た。コンテナと平屋の間に駐《と》めてあるスーパーカブが目に入る。

またしても家に戻った小熊は、玄関内から持って来たキーでカブのロックを解除し、コンテナの入り口まで押して行った。

ここでカブを保管し、整備し、あるいはただ眺めるだけの時間を過ごすなら、何が必要になるのか。それを確かめるには、実際にカブをコンテナに入れてみるという方法が最も手っ取り早いだろう。本音としては、このコンテナの中で憩う自分のカブを見たくなっただけ。

カブを運び入れようとした小熊は、直後にそれが不可能である事に気づいた。

ブロックで嵩上げされたコンテナの床面は高く、カブは持ち上げないと入れられない。

ラダーと言われる傾斜板を使わずカブを積載車に乗せる時のように、まず前部を持ち上げて床面に乗せ、それから後部を上げるなど、やれば出来ない事はなかったが、夜間に未舗装の場所で行えば、倒したり車体下部をぶつけたりするリスクが大きい。必要がある作業ではなく、単にやってみたいと思っただけの行為で、これから何年も乗り続けるつもりのカブを傷つけるのは馬鹿げている。

小熊はカブを元あった場所に戻してロックをかけ、コンテナ内の作業灯を片付けて扉を閉めた。

明日はこのコンテナにカブを乗せられるような傾斜をつける物を買いにいこうと思った。

そこから、小熊のガレージ作りは始まる。

(18) テーブル

一晩明けて、日の出と共に起きた小熊は、明るい陽《ひ》の下で改めてコンテナを理想的なガレージに作り変える計画を開始した。

嵩上げされたコンテナにカブを運び入れられないという問題は、敷地内に打ち捨てられていたコンクリート製の段差スロープ二つであっさり解決出来た。

同じく敷地内にあったコンクリートブロックをコンテナの手前に置き、その上に段差スロープを乗せる。あとはもう一つの段差スロープをブロックの前に置けば、カブを押し上げる傾斜が出来上がる。

もしかして前の住人も、このコンテナをバイクか自転車の保管場所にしていたのかもしれない。とりあえず何も無いコンテナの中にカブが置かれたことで、小熊のガレージ作りは最初の第一歩を踏み出した。

スロープの継ぎ目で少しガタガタするが、カブは問題なく押し上げることが出来た。コンテナの裏に置いてあった廃車のカブ50も中に仕舞う。続いて工具を運び入れた。カブを手に入れて間もなく千円の工具キットを買って以来、高校時代にリサイクルショップや解体屋でこまめに買い集めた工具が、同じく中古の二段チェスト式工具箱に納まっていた。

中身はまだ多くないが、箱そのものの重さを含めると二〇ｋｇ近くあるスチールの工具箱を、コンテナの床に置く。

続いてカブの予備部品や、消耗品交換で外したがまだ予備として使える部品を入れたプラスティック製の農業用ボックスを運び入れ、ホームセンターオリジナルブランドのドリルとサンダー等の電動工具を入れた色違いのボックスを重ねて置く。

三つ目の箱もまた同じようなボックス。エンジンオイルやケミカルスプレー、ハンドクリーナーなどが入っている。

農家で作物の収穫やゴミの収集に使われ、カブの後部に付けられている様をよく見かける採集ボックスと呼ばれる箱は便利で、小熊は山梨で暮らしていた頃に、近くの農協で不要になったボックスを四つほど譲り受け、一つは礼子にあげた。

作業中に椅子として使う蓋つきのバケツを持ち込んだところで、小熊が現在、カブの維持に必要としている物の設置は終わってしまった。

作業灯で照らされた、奥行き六mの広いコンテナに、カブ一台と工具箱と椅子、箱が三つ、それから部品取り用の廃車が一台。何とも淋《さび》しく、小熊が理想としていたガレージにはほど遠い風景だったが、これしか持っていないのだからしょうがない。

運び入れを一通り終えた小熊は、コンテナを出た。早朝に作業を始めたせいか、時間はまだ世間の人たちが朝食を摂《と》っている頃。

小熊も空腹を自覚したので、とりあえずコンテナの扉を閉じ、木造平屋に戻って何か食べる事にした。

簡単に出来る物で済ませるべく、冷蔵庫を開ける。夕べ作った後で冷まし、鍋ごと放り込んだカレーがあったので、今朝は蕎麦《そば》にカレーをかけたカレー南蛮にしようと思って少し迷い、やっぱりうどんを手に取る。

高校三年生の夏に、クロスカブで富士山を登るという雑誌企画に協力した縁で交流を持つ事となったバイク雑誌関係者から、ホンダ工場の食堂では金曜にカレーうどんが出ると聞いたことがあった。

工場でスーパーカブやその他のバイクを組み立てる作業員の人たちは、翌日に休日を控えた金曜日にカレーうどんを食べる。ホンダ特有の白い作業ツナギは、どうせ今日の作業を終えれば土日の休日にクリーニングに出すからと心置きなくカレーで汚すらしい。

以前はホンダ開発によって関係者のみに販売されていたが、後に青山のホンダウエルカムプラザで直売されるようになったレトルトのホンダ工場特製カレーうどんは、小熊も雑誌社の人に貰《もら》って食べたが大層な美味だった。

今日は金曜日ではないが、作業が行き詰まり気味な時は、ゲンを担ぐというのも悪くない。そこから巡らせる色々な想像が、なにがしかのヒントを与えてくれる事もある。

キッチンで小鍋に湯を沸かして鰹節《かつおぶし》でダシを取り、冷たいカレーを入れて醤油《しょうゆ》と酒を少し足し煮込んだ。別の鍋で茹《ゆ》でていたうどんを丼に落とし、和風味に仕立て直したカレーをかける。

冷凍の刻みネギを入れて出来上がったカレーうどんをダイニングテーブルに置き、グラスに冷たいジャスミン茶を注ぐ。

普段はラジオを点《つ》けるところだが、今日はスマホで色々なバイク愛好家がネットにアップロードしているガレージの動画を見ながらカレーうどんを食べた。

思ったより美味だったカレーうどんと、そのまま飲むと臭みが鼻と舌に残るが、お茶にすると気にならない東京の水道水で作ったジャスミン茶の朝食を済ませ、デザートのリンゴを齧《かじ》ったところで、小熊は自分がホンダのサービスマンではなく、一介のエンドユーザーである事を思い出した。

　朝起きてパジャマを脱ぎ、シャワーを浴びてからずっと着ている一張羅のデニムに、カレーの染みがついていた。

　元より作業服のようなものだと思って着ているＬｅｅのデニムジャケット。今までオイルや血で汚したコットンデニムにカレーの汚れなどついても洗濯すればいいだけの事だが、カレーの汁はダイニングテーブルにまで飛び散っていた。

　礼子のログハウスにあった２ｂｙ４木材と建築ボルトで小熊が自作したテーブルは、杉の無垢材《むくざい》を塗装や表面処理することなくそのまま使っているので、カレーの染みがそのまま残ってしまう。

　今ついたカレーの汚れだけでなく、椎がつけた醬油の染みや、礼子が半田《はんだ》コテを放り出した焼け焦げの残ったテーブルをしばらく眺めていた小熊は、何かに閃《ひらめ》き、食後の休憩や食器洗いもそこそこに、立ち上がってテーブルを持ち上げた。

畳半分ほどの大きさで、一人暮らしの食事用には少し広すぎるダイニングテーブルはそれなりに重かったが、力をふり絞って屋外に運び出し、そのままコンテナの中に入れる。淡い橙色《だいだいいろ》の白熱球に照らされたコンテナに、分厚い木製のテーブルが置かれた。続いて寝室の勉強机前にあった回転椅子を持って来た小熊は、テーブルを撫《な》でながら呟《つぶや》いた。

「前からお前は、こっちのほうが似合うと思っていた」

ネットに公開されている、各オーナー自慢のガレージにあって自分のコンテナに無い物は何なのか、小熊は考えていたが、朝食の食卓を見て気づいた。それはバイクの整備でも頻繁に行う、細かい作業や調整を行う作業机、そして整備し磨き上げた自分の愛車を眺めながらお茶を飲むテーブル。

ダイニングテーブルはその二つを兼ねられる。堅牢《けんろう》な建築用木材で作られているから、かなり手荒い扱いに耐える事は、同じく２ｂｙ４材のテーブルを使っている礼子が証明しているし、何も塗装せず自然のまま紋様と木の香りが楽しめる杉無垢材には、紙コップや缶じゃない陶器のカップに丁寧に淹《い》れたコーヒーがよく似合う事は椎が教えてくれた。

殺風景なコンテナ内が、テーブルと椅子を足しただけでガレージとしての体裁を成した気がした。ただ置いただけの工具箱やプラスティックケースも、カブと作業デスクの間に生まれる動線に沿って配置し直したところ、たちまち機能的に見えてくる。

作業が一段落ついたところで、朝食後のコーヒーを飲んでいない事を思い出した小熊は、コンテナを出て家に戻り、パーコレーターでコーヒーを沸かす。

煮出されたコーヒーを、家にあるカップの中で一番上等なファイヤーキングのダイナーマグに注ぎ、マグ片手にコンテナまで行った小熊は、テーブル前の椅子に座りながらコーヒーを飲んだ。

小熊は満足感を覚えていた。特に大きな出費をする事も無くガレージを最適化出来た事も嬉《うれ》しいが、何より小熊が高校の頃に知り合い、後輩ながら小熊に最も影響を与えた恵《え》庭《にわ》慧《え》海《み》がいつも重んじていた、物事の適材適所を最善の形で実行する事が出来たという事実がコーヒーを美《お》味《い》しくさせてくれる。

生活の中で充実した食事の時間は大事だが、バイクとそれを楽しむ環境は何よりも優先されるべき。

（19）千客万来の我が家へ

大学の講義への出席と並行させつつリノベーション作業を進めた結果、小熊の住居とガレージには生活に必要な物が揃《そろ》った。

眠る場所と食べる場所、そしてカブに触れる場所。今まで山梨の集合住宅で暮らしてきた時と同じレベルの日常が過ごせるだけの体裁は整い、このままでも充分暮らしていける。だからこそ、ここから先は欲しい物、やりたい事、今よりさらに生活のレベルを上げたいという目的の伴う行動となる。

小熊が借りた家とガレージはそれに足る容量もあった。手持ちの家具がそう多くなかった事もあって、部屋は広く、新しい物を置く余地はまだ充分ある。ガレージも、カブとその維持に必要な物を置いてなお、まだスペースの半分近くがガラン堂の空間なまま。

何も無い場所では何でもできる。そう思いながら木造平屋のダイニングを見渡した小熊は、昼食を摂る場所が無い事に気づいた。

昨日までここにあったダイニングテーブルは、ガレージで使う用途に理想的だったためコンテナに持っていってしまった。とはいえキッチンで作った物をそのまま立ち食いするというのは侘《わび》しすぎる。

春の陽《ひ》が南中の位置まで昇り、遠くで聞こえる学校のチャイムは昼食の時間が近い事を告げている。とりあえず家にある唯一、食卓の用を果たしそうな丸椅子と寝室の勉強机を持ってきた。

台所でラーメンと野菜炒《いた》めを作り、ジャスミン茶のグラスと共にグレーのスチールデスクに並べたが、日当たりのいいダイニングで昼食の時間を過ごしていても、腹しか満たされない。

こんな机と椅子で食事をするのは、食事中も仕事を手放せず職場に軟禁されている人間と同じだと思った小熊は、この餌を食べ終わったらすぐにカブに飛び乗り、テーブルを探しに行こうと思った。

今夜は少し張り込んでカツカレーにでもしようと思った夕食を、灰色の事務机で食べる。そんな時間を過ごすためにここに住み始めたわけじゃない。

午後からカブで出かけた小熊は、とりあえずそうそう無駄遣い出来ない自分の財布に見合ったテーブルを探すべく、多摩ニュータウン通りのリサイクルショップまで行った。

店の中を歩き回ると、家具コーナーにはテーブルも幾つかあり、値段も折り合いのつく物だったが、どれも百店満点のうちの六十点といった感じで、食事を行う用は果たしても、そこで幸せなディナータイムを過ごしている自分の姿が思い浮かんでこなかった。

気分を変えるために見たアウトドア用品のコーナーにあった、折り畳みのキャンプテーブルとディレクターズチェアには少し惹《ひ》かれた。樹脂製のテーブルは木材ほどの風合いは無いが、カラフルな色使いで、和風の部屋に置くとミスマッチな感じで面白そう。何より折り畳めばカブでそのまま持ち帰れるサイズなのがいい。

値段も安いし、とりあえずこれがいいかなと思った小熊は、畳んだ状態で陳列されていたキャンプテーブルを手に取った。広げてみたところ、テーブルは小熊一人の食事を乗せるには理想的なサイズ。

キャンプテーブルを眺めていた小熊は、ふと今朝まで使っていた２ｂｙ４材のダイニングテーブルを思い出した。

夏に礼子のログハウスであのテーブルを作り、今まで集合住宅で使っていた合板のちっぽけなテーブルを景気よく燃やした時も、半畳ほどある２ｂｙ４材のテーブルは少し大きすぎるかなと思った。

それまで部屋に友達が来た事は無いし、これからもそんな機会は来ないと思っていたが、いつしか礼子や椎が小熊の集合住宅に入り浸るようになり、広いテーブルは存分に役立ってくれた。

これから自分好みに作っていく新しい部屋をどうしたいのか。この機能的なキャンプテーブルで、一人の時間を過ごすための理想的な空間は、本当に欲しいものなんだろうかと思った小熊は、キャンプテーブルを畳み直し、陳列棚に戻した。


何も買わずリサイクルショップを出た小熊は、そのまま近所の大型ショッピングモールまでカブを走らせる。駐輪場にカブを駐《と》めた小熊はモール内のホームセンターに入り、店内の端材コーナーに足を向けた。

以前ここに来た時に目につき、気になっていた物がまだ残っていたら、そう思いながら木材加工コーナーの横にある、加工時に出た切れ端や余剰木材を安価に販売する売り場に来た小熊は、無事お目当ての品を手に入れる事が出来た。

買った物はカブに物理的に積めなくも無かったが、法には触れそうなので、ホームセンターが無料で貸し出している軽トラックで買い物を運ぶ。

小熊が手に入れたのは、２ｂｙ12材という自分の身長より長く幅の広い木材。これが新しい家で小熊が満たされた食事時間を過ごし、時に来客を招くテーブルになる。

　夕飯までに間に合わせたかったため、ホームセンターから帰る道中に作業内容を頭の中で組み立て、家に着いてすぐ工作を始める。

　今までテーブルに使っていた２ｂｙ４材と同じ規格品の建築木材ながら、三十センチほどの幅がある２ｂｙ12材。長さは百八十センチくらい。

　２ｂｙ12材と一緒に買ってきた角材とＬ字金具、２ｂｙ４専用規格の釘《くぎ》と建築ボルトでテーブルには少し高めの脚を作った。出来上がった幅広のテーブルを、キッチンの前に置く。

　作業を終えた小熊は、自分の手で作ったバーカウンター・テーブルを満足そうに眺めた。

　小熊はここに住むようになって以来、玄関を開けていきなり台所とダイニングが見えるのは、訪問者にだらしない印象を与えると思っていた。

　ワンルームマンションではそれが当たり前で、山梨の１ＤＫに住んでいた頃は気にした事も無かったが、せっかく賃貸とはいえ自分の家を持ったならば、玄関を開ける瞬間を生活感や退屈と共に迎えるより、毎日家に帰るたび、あるいは誰かを招待する時、気分が高揚する時間を味わいたい。

　規格品の木材で作られたバーカウンターは部屋のサイズにもよく合い、一畳半の幅があるダイニングのちょうど三分の二の長さは、キッチンへの出入りや、左右にある浴室や寝室のドアを開ける時の邪魔にならない。

　費用は端材で作ったので三千円足らず。端材コーナーには同じサイズのマホガニー材やメープル材もあったが、そっちは値段が高すぎて、価格より木工ではほぼ素人の小熊が手を出すには難しい材料だと思い尻込みしてしまった。

　とはいえ礼子のログハウスで嗅ぎ慣れた杉材の匂いは嫌いじゃないし、今後バーに理想的な木を見つけたら作り直せばいい。

　幅三十センチのテーブルは大皿を載せる時などやや狭っ苦しいかなと思ったが、それは木材を買い足して二段構造にするなど、実際に使ってみたあとで改善していったほうが、より良くできる。こういう拡張性も、木造家屋と手製家具の魅力。

　スツール替わりに来客用として持っていた丸椅子を二つ並べ、ダイニングに元々ついていた蛍光灯のシーリングランプとは別に、先ほどホームセンターでコンテナガレージ用とは別に買い足してきた作業灯を取りつけ、作業を一段落させた小熊は、一度玄関から薄暗い屋外に出て、それからもう一度玄関ドアを開いた。

小熊の視界に広がるのは、白熱球の明かりが木の柱や砂壁、そして杉無垢材《むくざい》のカウンターテーブルを優しく照らすバーの景色。

これから大学やバイト、あるいはその先の就職で忙しい日々を過ごしても、家に帰るとバーがあるというだけで、きっと毎日幸せな気分になれる。いつか自分がこの家に誰かを招く時が来たなら、その人も同じ事を思ってくれるだろうか。

バーに生まれ変わったダイニングキッチンで、バーテンとなった小熊は食事の支度をした。出来上がった夕食をカウンターデスクに置く。

カウンターの向こうに回って客となった小熊は、スツールに腰掛けて夕食の時間を過ごした。

残り物とテイクアウト惣菜《そうざい》を組み合わせたカツカレーとコールスローのサラダ、冷たい炭酸水。

もう今まで何度食べたかわからない平凡な夕食が、とても美味《うま》かった。

（20）満たされた暮らし

家の中に自分のお気に入りの場所が出来ると、帰るのが楽しみになる。

小熊はこの家に入居してから数日を費やし、当初の予想より良好な環境を構築する事が出来た。

外での所用を終えてカブで自宅に帰ると、まず渋茶色の木造平屋の隣で際立つカエル色のコンテナにカブを仕舞《しま》う。

コンテナのロックバーは市販の鍵を取り付けられる構造になっているので、今は南京《なんきん》錠《じょう》を付けているが、そのうちもっと開錠、施錠の簡単な電子ロックでも付けようと思った。どちらにせよ盗まれやすいカブの盗難リスクは、以前住んでいた集合住宅の自転車置き場よりずっと低くなり、安心してカブを置いておく事が出来る。

コンテナを開けて灯《あか》りを点《つ》けると、内部は小熊のスーパーカブ専用のガレージとなっていた。

幅二・五ｍ、奥行き六ｍのＩＳＯ規格二〇フィートコンテナ。小熊は内部の出口寄り三分の一をカブの保管、整備スペースに使っていた。

元々スチールのコンテナには荷役業者の手荒い扱いに耐える丈夫な木の床がついていたが、オイルの染みやスタンドの傷がつくのは気分が良くないので、リサイクルショップで買ったコンパネと呼ばれる安価な一畳サイズのベニヤ板を数枚敷いてある。

壁がスチールのままなのがいささか殺風景だが、それはいずれ何とかしようと思いながら、コンテナガレージの奥を見た。

ガレージの真ん中は、作業スペースになっていた。２ｂｙ４材の丈夫なテーブルを中心に、工具や部品、書類が効率的に配置されていて、空調の問題さえ考えなければ、外した部品の分解整備等の細かい作業をするためには理想的な環境。壁には大きなホワイトボードが架かっていた。

画鋲《がびょう》ひとつ刺せない賃貸の集合住宅と異なり、小熊の退去後は取り壊しが決まっている木造平屋とそれに付随するコンテナは、潰して固定資産税の額が変わるような建替えでもしない限り自由に使っていいという許可を家主から得ていて、好きな場所に穴を開けたりボルトを打ち込むことが出来る。

　リサイクルショップ店員の話では倒産した予備校の処分品だったというホワイトボードは、カブの整備に関する覚え書きのために買ったが、実際に設置したところ、最近故障と縁遠いカブについて特に書く事は無い。

　コンテナの奥にはまだ、手付かずの奥行き三m近いスペースが残されている。壁にたてかけるように置いた部品取りの廃車があるせいで、余計に閑散とした空間をどう使おうか想像が広がった。

　エアコンプレッサーやボール盤のような大物の工作機械でも導入するか、仕切りと空調設備を追加して塗装ブースにでもしようか、それとも、もう一台くらいバイクを増やすか。

　バイクどころか軽自動車さえ入りそうな余剰スペースの使い方はまだ思い浮かばない。考えるだけで楽しくなる物事ならば、もうしばらく想像や思索で遊ぼうと思った。

　コンテナを出て施錠した小熊は、木造平屋の正面に回った。

　屋外灯に照らされた玄関を開けると、まず目に入るのは、小熊がホームセンターの端材から自分で作ったバー。

　作業灯を流用し、カバーを自作したことで間接照明っぽくなった白熱灯が、長年にわたって素足で磨かれた木の床と鳶色《とびいろ》の砂壁を優しく照らしていた。今夜も小熊は以前から持っていた木の丸椅子を加工して作ったスツールに腰掛け、ラジオでFMを聞きながら2by12材のバーで食事の用意をする。

　メニューは少々手抜きで、外出の帰りに買ってきた中華テイクアウトの酢豚と焼きそばだが、蛍光灯の無機的な灯りの下で、間に合わせで買ったテーブルに並んだ食べ物をただ体内に取り入れるだけだった時とは、気持ちの豊かさが違う。

　そんな恵まれた時間を一人だけで過ごすのは、他人からすれば物足りないのかもしれないが、小熊は一人の時間に満足していた。

　家の壁や床の色に合わせ、オイルステインを塗って磨きこんだバーカウンターに、買ってきたテイクアウトの紙箱を置き、ユニットバスのお湯張りスイッチを押した小熊は、ヘルメットを取りライディングジャケットを脱ぎながら、この家の中で最も気を使い作り上げた場所へと向かった。

　バーの横にある引き戸を開けた先の部屋。ごく普通の四畳半の和室を、小熊はバイクの部屋と呼んでいた。

小熊はジャケットを壁に掛け、ヘルメットをスチールデスクに置いた。それ以外にもバイクに関する書籍やグッズなどをあちこちにディスプレイしている、自宅の中にバイクグッズの店を作ったような部屋は、バイクの道具を置くだけの目的で行っても、つい長居してしまう。今日はバイク雑誌の編集部から献本で送られて来た新刊のカタログをめくりながら過ごした。

見ているだけで財布の紐《ひも》が緩みそうになる新製品を眺め、目の前の掃き出し窓から見えるコンテナガレージに視線を送りながら、次は何を買おうかと考えているうちに、ダイニングの壁に取り付けられたユニットバスのコントローラーがお湯張りの完了を告げる。小熊はそろそろ交換時期を迎えたグローブやシューズのページに折り目をつけ、後ろ髪を引かれる思いで部屋を出た。

バイクの部屋に隣接するユニットバスで、ラジオから流れるＮＨＫ‐ＦＭを聞きながら、入浴の時間を過ごした。大きな窓があるのがありがたい。昼は多摩の里山が一望できて、夜は人工の光が一切視界に入らない。

広くて綺麗《きれい》なバスにひとつ不満があるとすれば、バイクの要素が無い事。今度防水素材のポスターでも買ってこようかと思った。

風呂から出てベトナム製の黒い木綿パジャマを身に着け、まだ寒気の残る春の宵に風邪など引かぬよう、高校の手芸部教師が今時珍しいハンドルを左右に往復させる編み機で作ってくれたバージンウールのカーディガンを羽織った小熊は、ダイニングのバーでスツールに腰掛け、レンジで温め直した酢豚と焼きそば、ジャスミン茶の夕食時間を過ごす。

自炊より割高だったので、買うのを少し躊躇《ちゅうちょ》した南大沢駅前のテイクアウト中華は予想より美味で、家事を手抜きしたいという理由が無くとも、また買いに行こうと思った。

夕食後、ラジオを聞いたりスマホで高校時代の同級生とＬＩＮＥをしたりして過ごした小熊は、そろそろテレビが欲しいなと思いながら寝室に入る。

六畳の和室は、引越し直後は山梨に居た頃から使っていた洋間対応の家具を使うため、下に木の板を敷いたりウッドカーペットの購入を検討したり、色々と苦労させられたが、結局何もかも面倒になった小熊はパイプベッドを分解しスチールデスクをバイクの部屋に移し、部屋を和室として使う事に決めた。

畳は部屋の日当たりがいいせいか変色していたが、まだ擦り切れは見当たらないので、外に干した後ホームセンターに売っていた天然素材の畳リフレッシュスプレーを吹き付け、青々とした畳の外見と薫《かお》りを取り戻した後、部屋に敷き直し、寝床もベッドから布団に変えた。

いざ使ってみると、修学旅行くらいでしか縁のなかった和風の寝室は自分と相性が良かったらしく、実によく眠れた。途端に今まで非効率的だと思っていた押し入れや、見るたび人の顔が見えるので早く塗り替えようと思っていた砂壁が、部屋の風合いに合った素晴らしい物のように思えてくる　照明は蛍光灯だが、昭和の旅館でよく見かける行灯《あんどん》の形を模したランプシェードも手伝って、和室には案外似合っている。

引越しを機に新調した布団を押し入れから出して敷き、一度部屋を出て戸締りと火の元を確認した小熊は、寝室に戻った。

まだ大学の生活は始まったばかりで内容は顔見せ程度。時間に余裕がある間にもう少しバーとキッチンに手を入れるか、それとも寝室で使うため、和室によく合う卓子でも探しに行くか、いや真っ先に手をつけたいのは、自分のスーパーカブとそのガレージ。

布団に入る前、小熊は窓を開け、当たり面を清掃、調整したおかげで滑らかに動くようになった雨戸を少し開ける。空には浴室からも見えた満月が浮かんでいる。

今の自分のような、一つの欠けも見当たらない真円の月。

（21）夜のキャンパス

正直なところ、小熊はこのプレハブ棟まで来た理由が自分でもよくわからなかった。新しい生活が始まった矢先に起きたカブの喪失と新しいカブへの乗り換え、着実に進みつつあるセルフリノベーション、そして新鮮ながらさほど面白おかしくもない大学生活。小熊はこの奇妙な二人と接触することが、自分を利するものになるとは思えなかった。

理由や経緯はどうあれ、結局小熊はここに来てしまった。

夜七時を過ぎた大学構内には、門衛に学生証を示しただけで問題なく入ることが出来て、最終下校時刻のある高校との違いに妙な感心をさせられる。大学内も幾つかの部屋では灯りが点《とも》り、疎《まば》らながら人も居る。昼間の活動的な学生や職員とは異なり、夜を徹して行う研究や論文書きの合間に束《つか》の間《ま》の外の空気を求めて出てきたといった感じの、精気の乏しい人たち。

大学構内に作られた人工的な森林を貫く小路をカブで走り抜け、プレハブ棟に行くと竹千代と春日は既に待っていた。小熊は自分がまんまと釣られてしまったのではないかと思い始めた。

少なくとも竹千代は竿《さお》を立ててリールを巻く時のような笑みは浮かべていない。ただそれらの表情や感情を全て包み隠すアルカイックな微笑を顔に貼り付けている。

春日という名の小柄な同級生は、散歩に連れていく時の犬のように大喜びしている。ただ小熊が来るという理由だけでなく、この目は昼の太陽の下より夜闇の中で輝くのかもしれない。

竹千代が引き戸の入り口を針金で簡単に開きそうな鍵で施錠した後、引き戸を開ける訪問者からは死角の位置にある通気口の横に手を突っ込み、何かのスイッチを入れる仕草をしているのを見ながら、小熊はもしも自分がこのサークルに入ったら、つまらない使い走りをやらされるのではないかと思ったが、それはありえない。

ほとんど足音を立てず鉄階段を降りてきた竹千代は鍵をポケットにしまいながら「こちらへ」とだけ言った。

小熊は、プレハブ棟の裏手へと漂うように歩いていく竹千代についていく、春日が自分のすぐ後ろを歩いているのが気に入らなかった。バイクにおける集団ツーリングでは初心者の位置。実際のところ自分はまだ余所者《よそもの》らしい。そのほうがいい。

　プレハブの裏にある焼却炉の隣には、夜闇に白く存在を主張する自動車が駐《と》められていた。

　そこにあったのは一台のスズキ・エブリイ。竹千代はやや型遅れの軽バンに似合わぬキーレスリモコンのボタンを押して開錠し、運転席に乗り込む。

　春目が勝手知った様子で後部のスライドドアを開け、小熊を後席に招く。リアシートは業務用グレードの板のような座席ではなく、別車種の物に取り換えられていた。

　後席のドアを閉めた春目が助手席に乗りこむ。竹千代はエブリイのエンジンを始動させた。小熊が耳を澄ませる、始動音を聞く限り整備は行き届いている。

(22) 市場

五分ほどの暖機運転の後、小熊と節約研究会の二人を乗せたエブリイは大学敷地を出て、夜の街へと向かった。

竹千代は帰路へと向かう通勤者で混み始めた道路で、裏道を駆使しつつ今時珍しいマニュアルミッションの軽バンを活発に走らせる。

小熊はバスでもタクシーでも、他人の運転を基本的に信用しないタイプだったが、竹千代の運転操作には不安なところは見当たらない。

小熊が旧《ふる》いエブリイの音と振動から、機械的な不調の兆候がないか探っていると、竹千代が声を上げた。

「まずは腹ごしらえからかな」

エブリイに乗ってから何度か小熊に話しかけ、そのたび無視されていた春目が、窓の外を見ながら言う。

「今日は市場に行きましょう」

了解を示すように頷《うなず》いた竹千代は、車を郊外方面へと向ける。間もなくエブリイは窓の無い大きな建物の入り口に到着した。

正門ゲートのプレートに目を走らせた小熊は、総合卸売市場という文字を読み取る。

竹千代は市場内の駐車場にエブリイを駐めた。トラックの駐車スペースとは別に設けられた普通車用の駐車場に駐められているのは、白い軽バンや商業車で、竹千代のエブリイはそこにあって当たり前のものであるかのように溶け込んでいる。


車を降り、颯爽《さつそう》と歩いていく竹千代についていくように、小熊と春目は市場内に入った。周囲を行きかう人たちは作業ジャンパー姿の成人男性がほとんどながら、たまに小熊たちと同じような年恰好《かつこう》の女子もちらほら見かける。

三人で市場の食堂コーナーへと向かった。市場で働いている人だけでなく、近隣の住民にも開放されているらしく、コーナーの出口側にある寿司屋《すしや》やカレー屋には、若い男女や家族連れの客も居る。

竹千代は淀《よど》みのない歩調で食堂コーナーの一番奥にある、やや薄汚れた定食屋へと入った。内装もリノリウムの床やデコラ張りのテーブルは少しくたびれているが、不快感を覚えるような雰囲気ではなく、昭和時代のドラマに出てきそうな感じの、どこか暖かみを感じる風景。

席案内の類の無い店。春日が奥のテーブルを指さすと、竹千代は軽く頷いて最奥の席につく。一般的なビジネスマナーにおける上座で、マフィアの親分が座る席でもある。小熊は竹千代の席と出口を結んだ線上にある斜め前の席を勧められた。襲撃者の盾となり替わりに撃たれる用心棒の席。春日の座った竹千代の隣は、情婦の席とでも言うべきだろうか。

四人掛けの席で他に選択肢が無いので、小熊は言われた通りの席に座った。食事の時にまで客として扱われ、座る席にまで気を使われるよりはいくらかまし。

新しく効率的でシステマチックな社員食堂のような食券を買うセルフ方式ではないらしく、ほどなくしてやってきた従業員が注文を取りに来た。

小熊は薄汚れた紙のメニューに手を伸ばしたが、竹千代がそれを制するように手を出しながら言った。

「市場丼を三つ。私は麦飯で」

市場丼なるメニューは、小熊が店に入る時、ガラスケース内の食品サンプルに目を走らせた時に見たが、肉と野菜の炒《いた》め物が乗っただけのごく普通の丼で、値段も普通。もしかしたらチェーン系の牛丼より高価《たか》いかもしれない。

わざわざこの市場まで食べに来るからには、よほど美味な物なのかと思っていると、すぐに三つの丼が運ばれてきた。

味噌汁《みそしる》と漬物を添えて自分の前に出された丼を見て、小熊は少々面喰《めんくら》う。蠟《ろう》細工のサンプルとは大違いの、ヘルメットほどもある丼に具が山のように盛られている。

ニンニクの匂いが強烈な豚肉がケチることなく入っていて、ネギやニンジン、青菜などの野菜も控えめながら肉に圧《お》され萎《しな》びる事なく存在を主張してくる。

お茶を一口飲んだ竹千代が、丼を勧める。

「夜は小食で済ませるならば、残りは春日君が食べてくれる。私からの奢《おご》りなので遠慮なく食べてほしい」

小熊は箸を手に取りながら言った。

「味によります」

セルフサービスのお茶を汲《く》んできた春日は、小熊の前に安食堂にしては濃く匂いの豊かな煎茶を置きながら「お肉なんて久しぶり」と言った。

春目は席についてからも食べるのが惜しいといった感じで丼を見つめている。

豚ロース肉を塩と香味野菜で味付けした市場丼を、小熊は残さず食べた。牛丼屋の豚丼と値段は同じながら量は倍ほどもある。小熊の主観と味覚では、価値はそれ以上。

春目は一口食べるたび、肉の味を口の中でじっくりと堪能している。竹千代は仏僧が粥《かゆ》を啜《すす》るような仕草で、麦飯の丼を静々と口に運んでいた。

食事が終わり、愛想の無い店員が会計にやってきた。変な借りを作りたくないので、小熊が自分の分を払おうとすると、竹千代はきっぱりとした仕草で小熊を制し、自分と小熊、それから春目の分をさっさと払ってしまった。

竹千代は財布替わりに使っているらしき印籠をポケットにしまう。小熊が時代劇か土産物屋でしか見たことの無い印籠は、家紋の漆が削り落とされていた。

小熊と春目、竹千代は店を出た。食事はもちろんお茶も美味で、時間をかけて味わいたかったところだが、働く人の食堂らしく客の入れ替わりが激しく、長居出来る雰囲気でもない。次は一人で来てもいいと思いながら、市場丼の余韻を楽しんでいると、先を歩いていた竹千代が振り向きながら言った。

「まだまだ、これからだよ」

人間は腹が満ちると心に余裕が出てくる。それが美味な物ならなおさら。奢って貰《もら》った弱みもある小熊は、あと少しこの二人の活動に付き合う事にした。

(23) 嗅覚

小熊は竹千代、春日と夜の街をドライブし、物珍しい夕食を楽しむ。

まるで充実した大学生のような時間を過ごしながら、小熊の警戒心は解かれるどころか強くなる一方だった。

軽バンを運転する竹千代について、僅かながらわかってきた。

彼女は小熊の決して豊かとはいえない人間関係の中で見知った、関わりあってはいけない類の人間。

バイクが絡む事の多い小熊の知己の中で、操縦や整備の技術、あるいは知識が豊富ながら、一緒に居ると利益より損失のほうが多い人間というのは居る。

思考が特定方向に偏ってる奴《やつ》、他者を敵味方に分類し、今は味方扱いしてくれていても、ほんのちょっとのきっかけで敵と認定した途端に攻撃的になる奴、そして自らの益のため他者を踏みつける事を厭《いと》わない奴。

竹千代がどのタイプに当てはまるのかは、まだわからない。わかるほど近づくのは危険な相手。小熊としても知りたいとは思わない。

もう一人、竹千代の隣に座る春目は、小熊にとって理解できない人物だった。

服装や言動から清貧なる少女である事はわかる。それゆえ節約を旨とするサークルに加わっているという動機も理解できる。それでもこの、小熊と同い年ながら小柄な女の子が、竹千代と共に居る姿というものに、どうしても違和感があった。

見た目といい仕草といい、強い獣にいじめられないように身をひそめている小さな動物のような春目は、竹千代の主宰する節約研究会なるものでどんな役割を負っているのか、欲しい物を手に入れるため人を押しのける竹千代とはどのような関係なのか、あれこれと考えているうちに、次の目的地らしき場所に到着した。

「最初はここからだな」

竹千代がエブリイを駐めたのは、山梨でも東京郊外でもよく見かける大型のスーパーマーケットだった。

広い駐車場にエブリイを駐め、三人でスーパーマーケットに入った。竹千代が春目に言う。

「肉から行くかな？」

スーパーは夕食時ながらそれほど混んでないと思っていたら、間もなく閉店する事を伝える店内放送が流れてきた。客が皆急《せ》かされるように買い物を急ぐ中、小熊は答えた。

「肉はさっき充分食べたから、違う物を見てみたいです」

春目は先ほどから一言も発することなく何度も店内を見回している。よほどの田舎から出てきてスーパーマーケットが物珍しいのかと思ったが、どうやらそうでもなさそうな様子で、鼻を鳴らしながら何かを探している。

小熊は春目の反応が気になったので、横目で眺めていたが、気が付くと竹千代も春目の事を見ていた。春目は幾つもの商品棚に隔てられた遥《はる》か向こうを見ながら言う。

「お魚」

竹千代が即座に進む方向を変える。小熊もそれについていった。行き先は鮮魚売り場。冷蔵の商品棚に陳列された魚の前を素通りした春目は、棚の一番端を指さしながら言った。

「お宝だ！」

何種類かの魚が黄色いシールを貼られ、並べられていた。

目の前の魚は、海の無い内陸県ながら、かつて太平洋と日本海の海産が集約していたという歴史的な経緯から魚の豊富な山梨に住んでいた小熊の目から見ても、非常に安い物だった。

普段はなかなか手の届かない高級魚が半額以下の値段になっていて、専門店でなくスーパーで見かけるのは珍しいアラと呼ばれる切り落とし部位も、今まで見た事の無いほどの安値で売られていた。思わず手を伸ばしてしまった小熊の横で、竹千代は魚を吟味している。結局、小熊が幾つかの魚を取ったのち、竹千代は見切り販売コーナーにある魚をほぼ買い上げてしまった。

閉店直前で客も引き、今売れなくては捨てられる魚を抱えた竹千代は、他にもパンや野菜、惣菜《そうざい》などの安売り品を一通り見た後、レジへと向かう。一抱えほどもある魚を買った竹千代はさっきも見かけた印籠から出した現金で会計を済ませた。店員に勧められたレジ袋を断り、春日がいつも背負っているドンゴロス袋に買い物を入れる。春日は「明日は朝から鯵《あじ》が食べられる、それから夜は鰤《ぶり》」と大喜びしている。

小熊も自分が選んだ魚の会計をスマホのキャッシュレスで済ませたが、結局有料のレジ袋を買ってしまった。

まだ閉店時間には数分を残しているが、すでにシャッターを閉め始めている店員に追い立てられるように店を出た三人はエブリイに乗る。

次の目的地も同じようなスーパーマーケットだった。エブリイの後席に乗っていて気づいたが、東京都下はこういった大型スーパーがやたら多い。山梨に住んでいた頃は、買い物先にそれほど多くの選択肢は無かったが、都下はただ幹線道路を走っているだけで、次々とスーパーの灯《あか》りを見かける。

やはり閉店時間の近いスーパーで、同じように安売り品を狙って買い物をした。何が安いのかは日によって店によって異なるが、竹千代は春目の勘を大いに信頼している様子。スーパーマーケットを回るドライブをしているうちに、夜が更けてきた。竹千代が後ろから話しかけてくる。

「どうだい？　我がサークルの活動は？」

小熊は自分の膝の下に置いた買い物袋を撫《な》でた。魚も野菜も惣菜も、しばらく何も買わなくてもいいくらい手に入れ、出費も少なく済んだ。

「私は興味ありません」

節約研究会と銘打った集団も、結局は手段が目的と化してしまったに違いない。確かに生活に必要な物を安値で買う事は出来たが、それに要した時間と手間を労働に換算したなら、果たしてどれほどの得になることか。

小熊の挑戦的な言動に竹千代は微笑《ほほえ》んで頷き、春日は何も言わない。眠っているのかと思いきや、周囲の会話も聞こえない様子で、ずっと窓の外を見ていた。

視線を追ってみたが、夜も明るく照らされた道路とは対照的に暗い山しか見えない。

竹千代はルームミラー越しに小熊を見つめてくる。小熊は振り向き、竹千代の目を直《じか》に見た。夜の灯りを反射して紫がかったような瞳は、小熊の意思や思考に浸食してくるような深みを湛《たた》えていた。

「ここまでが我がサークルへの入会を希望する新入生に見せる活動内容だ。しかし、それだけではない」

春日は窓の外を注視している。夜が更けると風の冷たい気候で窓を開けた春日は目を見開き、鼻と口から同時に息を吸い込みながら、ただ暗黒の塊を見つめている。

「それだけじゃないんだ」

竹千代はエブリイを幹線道路から細道に乗り入れさせた。

（24）狩猟

　先ほどまで広い道路で他車に囲まれ、狭苦しそうに走っていたエブリイは、道幅に反比例するかのように活気のある走りを見せていた。

　小熊はこの軽バンという乗り物は、自分の乗るスーパーカブとよく似た移動機械だと思った。軽バンや軽トラは田舎に行くとどの家にもあり、皆が仕事のみならず日常の足として乗っている。ゆえに田舎道の細さは軽トラの幅を基準に決められている。

　竹千代は悠然とエブリイを操っている。軽バンの運転が上手《うま》いというのは、この女が幾つも持つ仮面の一つに過ぎないんだろう。

　助手席の春日はよくわからない。先ほどからずっと窓の外を注視していたが、エブリイが東京都下に数多く残る山林の深部へと入っていくにしたがって、見開いた目は輝きを増している。照明で飾られた夜景より漆黒の空間が好きなのかもしれない。

　自分はどんな顔をしているんだろうかと小熊は考えた。大学入学早々、この怪しいサークルに係《かか》わりを持った事がきっかけで、ドライブに連れ出された末、今は車で人里離れた場所に連れていかれている。

　まさかこのまま殺され山に埋められるような恨みを買った覚えは無いし、奪われるような金目の物も持っていない。この先で何かしらの脅迫を受ける羽目になったとしても、どうせそう速くは走れない田舎道、ドアを引き開けて逃げる事も可能だろう。

　その後は、山の中を走り回る勝負については東京の人間に遅れを取る事など無い。

　最初にこの車に乗った時から抱いている警戒感を、ずっと保ち続けていた小熊は、それが表情に表れているんだろうかと思いながら暗い窓を見ていたが、思索は前方から聞こえた声で打ち切られた。

「止まってください！」

　いきなり叫んだ春目の口調は鋭かった。それまでエブリイのガソリンや消耗部品を労《いた》わるような走り方をしていた竹千代が急ブレーキを踏み、小熊の体にシートベルトが食い込む。

「どこだ？」

　こういった事には慣れているらしき竹千代が隣に座る春目を見ながら言う。

春目は今まで走ってきた道を振り返りながら言った。

「ちょっと通り過ぎました、戻って」

竹千代が普通車がやっとすれ違える道幅の道路でエブリイを器用にUターンさせた。そのまま来た道を低速で戻り始める。

エブリイは這《は》うような速度で進む。ついさっきこの細道に入ってから、他車は一台も見当たらない。

春目が開け放った窓の外に手を伸ばした。古臭い見た目に似合わず高輝度のディスチャージライトに取り換えられたらしきヘッドライトで白く照らされた範囲の外、ただの黒い塊にしか見えない中の一箇所を春目が指さす。

「あそこです」

竹千代は春目の指示した場所にエブリイを停《と》める。シートベルトを外した春目は、車に乗る時も持っているドンゴロス袋から、彼女の見た目に似合わぬ重厚なフラッシュライトを取り出し、ドアを開けて降りる。

小熊はこのまま車内から見ていればいいのかと思っていたが、竹千代はこれを見ておかない手は無い、といった感じの愉快そうな目でこちらを見るので、しょうがなく車を降りた。

春目は大型のライトで道の外を照らしていた。アスファルトと緑地の境目を指す。

竹千代が春目から受け取ったライトを翳《かざ》しながら、春目の指さす先へと進む。小熊もその場所に注目した。竹千代は白く照らされた道路端から、何かを見つけた。

駆け寄った春目が拾い上げたのは、鈍く銀色に輝く大きな箱だった。

（25）順法

箱はジュラルミンケースと呼ばれる、現金輸送などに使われるアルミ軽合金製の手持ちカバンだった。

土の上ではなく道路外のコンクリートに置かれてから間もないらしく、不法投棄品にありがちな風雨による汚れは付いていない。

ライトを持たされた春日が上から照らす中、竹千代は鍵のかかっていないジュラルミンケースの蓋を開けた。小熊も興味を惹《ひ》かれ覗《のぞ》き込む。

中身は、箱一杯に詰まった銃器。

拳銃や分解された小銃の黒い肌がライトの光を鈍く反射するのを見て、春日は悲鳴を上げライトを落としそうになった。竹千代はヒュウと口笛を吹く。

小熊は渋い顔を浮かべながらこれはよくないと思った。礼子から聞いた話では、銃器の類を見つけても決して拾ったり触ったりしてはいけないという。もし実銃をそのまま自分のものにしてしまったならば、今では初犯でも執行猶予の無い懲役がつく。問題はそれをそのまま警察に届けた場合、礼を言われるどころか逆に容疑者紛《まが》いの扱いを受け、こっちの仕事や学業の都合などを無視した取り調べを繰り返し受けることもあるという。

　このまま箱を閉じ、何も見なかった事にして草むらに蹴り捨てることを勧めようとした小熊は何かに気づき、箱に詰まった銃のうちの一つを指さした。

「これ、オモチャですね」

　箱に詰められ道端に置き去られた銃は、いずれもエアガンやモデルガンと呼ばれる遊戯銃だった。プラスティック製の物もあれば金属製の物もあって、触っただけでは樹脂か金属かわからない物もある。

　春日が恐る恐る中身に触れながら言った。

「なんでこんなとこに捨ててるの？」

　小熊は箱の中身を眺め、高価そうな遊戯銃に見合わぬ乱雑な詰め込み方を見ながら言った。

「たぶん、集めた人とは違う人が捨ててしまったんじゃないかな」

　竹千代がモデルガンの刻印を慎重に読み解きながら呟《つぶや》く。

「きっと家族が処分したんだろう。旦那が収集していたであろう値打ち品も、配偶者の目からすればただのゴミだ」

小熊もバイクで似たような話を聞いたことがある。バイクマニアの急死や、あるいはまだ存命中ながら趣味への見境ない出費に歯止めをかけるための強権発動で、それまで溜《た》め込んだ車体やパーツをごっそり捨てられてしまった人はたまに居る。こういう模造の銃器にもマニアが居る事は、バイクの部品や生活用品を探しに行くリサイクルショップでよく売られている様子を見かけて知っていたし、礼子はよくエアガンが飾られたガラスケースの前で財布の残金を数えていた。

中身を一通り検《あらた》めた竹千代はジュラルミンケースの蓋を閉じた。

「優れた工業製品をここで朽ちさせていくより、然《しか》るべき人々の手に渡るべく、我々が再び流通に乗せるべきだろう」

つまり売っ払って小銭を稼ぐということらしい。竹千代が合図するように手を振ると、春日はケースを車に運び込む。

春日からフラッシュライトを受け取った竹千代が、周囲に他の投棄物が無いか確認した後、二人は軽バンに乗り込んだ。小熊が後席に座ろうとしないのを見た竹千代が声をかける。

「どうしたんだい？」

小熊は首を振りながら答える。

「ここまでで結構です」

窓から首を伸ばした春目が驚いたように言う。

「歩いて帰るの？」

小熊はスマホを取り出しながら言った。

「タクシーくらい呼べる」

竹千代はエブリイの運転席に座ったまま声を出す。

「我々の活動が何か気に障ったのかな？」

きっとこの女は、生まれたのがロスかニューヨークのダウンタウンなら、エブリイではなくキャディラックかリンカーンの後席から、こうやってチンピラに声をかけていたんだろう。

「あんたたちの中でどうなっているのかは知らないが、資源の持ち去りや占有離脱物の横領は犯罪行為です。私はそういう事に係わる気はありません」

それだけ言って歩き出そうとする小熊に、竹千代は底知れぬ微笑《ほほえ》みを浮かべながら語りかけた。

「我々は律法を遵守する善良な市民だ。今回の行為が何ら法やモラルに触れていない事を説明するべきだろう」

小熊は足を止める、いや、竹千代の人を惑わす口調に思考や行動を制止させられたのかもしれない。

「私はこの辺一帯の地権者より、ボランティアによる清掃活動の許可を得ている。公道やゴミ捨て場に置かれている物を持ち去れば違法だが、道路外の私有地に捨てられた不法遺棄品ならば、幾つかの条件付きで私の裁量による処分を認められている」

竹千代の言葉をしばらく反芻《はんすう》し、自分なりに斟酌《しんしゃく》した小熊は、黙ってエブリイの後席に乗り込んだ。とりあえず今夜の泥棒行為が、法の抜け穴をつくような形での合法行為だという事はわかった。

エブリイは大学方面へと戻っていく。竹千代は周囲に見える山林を指さしながら、先ほどの「許可」をあちこちの地主から得ている事を説明してくれた。

春目も嬉《うれ》しそうに「山菜や茸《きのこ》も採っていいって言われてるんだよ」と言っている。

夜中もなおあちこちに灯《あか》りが点《つ》き、人が疎《まば》らに歩いている大学敷地の端、節約研究会のプレハブ棟の前に駐《と》めたエブリイを降りた小熊に、竹千代は言った。

「遅くまで連れまわして済まなかった。以上が我が節約研究会、通称セッケンの活動の一部だ。私は小熊君が仲間になってくれることを望んでいる」

小熊は竹千代の目を見据えながら言った。

「せっかくのお話ですが、お断りさせて頂きます」


それだけ言った小熊は、プレハブ前に駐めた自分のスーパーカブに跨《またが》りエンジンをキック始動させ、ヘルメットとグローブを素早く身に着けて走り去る。春目が何か言っていたが、カブのエンジン音と耳を塞ぐヘルメットのせいで聞こえない。

きっとこの二人と行動を共にすれば、金銭だけでなく色々な物が手に入るんだろう。せっかくの大学生活、サークル活動の一つもしないのは寂しいものだとは思うし、気の合う奴《やつ》と遊ぶのは楽しいに違いない。

ただそういった表層の意識より深いところ、潜在意識が、この竹千代という美麗で理知的な女は危険だと伝えてきた。カブに乗っていて、そういう無意識の警告が正しかった経験は幾つもあった。

あえて具体的に気に入らない点があったとすれば、先ほど森でジュラルミンケースを見つけた時。中身はオモチャの銃だったが、竹千代と春目はいつのまにか取り出した医療用のゴム手袋をしていた。一方小熊は素手のまま、手袋の着用を勧められる事すら無かった。無論、それに気づいた小熊はジュラルミンケースとその中身に指一本触れず、指紋も残していない。

一応は法に触れぬ範囲で活動しているという建前のサークル、その実態がもし、そうではなかったならば、小熊は自分がスケープゴートになる事だけは御免こうむりたかった。

一刻も早くこの怪しい部室を離れるべくカブを走らせる小熊の背に、二人からの強い視線が刺さってきた。言葉はもっと深く突き刺さる。竹千代は小熊に向かって言った。

「またのお越しをお待ちしているよ」

(26) 改善点

節約研究会。通称セッケンなる連中との奇妙な時間を過ごした小熊は、カブに乗って自宅へと帰った。

小熊が今朝、この家を出た時点では、今日消化すべき最大の義務は一般教養の講義に続いて始まった、小熊の専攻する人文学の講義だったが、ただ書いたことを読み上げるような講義内容の記憶がもう何日も前の事のように思えてくる。

春日と竹千代、セッケンの二人は、良くも悪くも強烈な印象を抱かせてくれた。そう思いながらカブを自宅敷地のコンテナに仕舞《しま》った小熊は、作業灯を点けたコンテナのスチール壁に寄りかかりながら、忘れないうちに今日済ませた所用と明日やらなくてはいけない事をスマホに打ち込んだ。

やはり何か得る物があったとしても、それ以上の面倒事に巻き込まれそうなセッケンの人間とは、これ以上係《かか》わりあいにならないほうがいいだろう。スマホに表示された今日と同じような明日の講義予定に比べ、夜の街を軽バンで走り回る時間は濃厚で強烈すぎた。

このままあの二人に流されてしまえば、自分が望んで進路として選んだ大学生の姿とは異なる生活が始まるだろう。

スマホを仕舞った小熊が目を休めるためコンテナ最奥の暗闇に視線を送ると、うっすらと廃車のカブが見える。これをどうするのかも決めなくてはならない。

今はまだ物の多くないコンテナも、これからカブをしまう車庫と、整備するスペースに使うならば容量は有限。少なくとも、小熊が知っている範囲で自宅に専用のガレージを持つ車、バイク愛好家を見る限り、ガレージが広々としている人間は居なかったように思う。みんな愛車と整備器具を余裕をもって収納するガレージを作った後で、その余地を埋めて余りあるような部品や工具、追加購入した車体、あるいは家からガレージへと押し付けられた車もバイクも関係無い品々などで埋め尽くされて、狭苦しい思いをしている。

あのカブも車体のままで置いておくより、分解し必要な物だけ選別すべきなんだろう。破損した灯火や外装部品、事故で変形したフレームは、処分したほうがガレージの空間を効率的に使える。

それもこれも、まずは大学生活が軌道に乗ってから。今すべき事は他にあると思った小熊は、自分が睡魔に襲われている事に気づく。

コンテナの灯りを消し、扉を閉め施錠した小熊は、木造平屋の玄関を開ける。朝に出たきりだったので消えていた玄関灯を、今更ながら点灯させる。これもそろそろ外の暗さに合わせ自動で点灯するセンサー式の物に取り換えたい。


カブと家と大学、そしてセッケンの二人。三つの案件を同時に検討し処理する、高校の時とは異なる頭脳労働に疲れ切った小熊は、家に入ると真っ先に目に入るダイニング奥のバーカウンターに荷物を置き、バスルームへと向かった。

既に深夜の番組となったＮＨＫ－ＦＭを流しながらシャワーを浴び、髪を乾かした小熊は、カウンターの荷物を片付け、持っていかなくてはいけない物はせいぜいスマホと筆記用具くらいしか無いらしい明日の講義の準備を終えた。

夕食はセッケンの連中と済ませているが、せっかく作った手製のバーカウンターを使わないのは勿体《もったい》ないと思った小熊は、パーコレーターをヤカン代わりにティーバッグのお茶を淹《い》れ、スツールに座りながら温かいミルクティを飲んだ。


規格品の２ｂｙ12木材と角材を使ったおかげで安価にして堅牢《けんろう》な仕上がりになったバー

カウンターも、それに合わせて選んだ白熱灯の照明もいい感じだが、実際にバーでお茶を飲んでいると不満な点もいくつか出てくる。

お茶やワンディッシュの食事にはちょうどいいが、皿を幾つも置く食事には少し奥行きが狭苦しい。間に合わせのスツールをもう少しちゃんとした物にしたい。床も柱も、バーまでも木材なのに壁がくたびれた砂壁というのも何とかしたい。せっかく近隣住人の居ない環境、ＦＭをもう少しいい音響で聞きたい。色々な案が湧いてくる。寝室や浴室、小熊がバイクの部屋と呼んでいる趣味グッズを集めた小さい和室に居ても、同じような事を思う。

お茶を飲み終わり、カップやポットを片付けて歯を磨いた小熊は、ダイニングの灯りを消して寝室に移った。

ここも畳の上に布団を敷いて寝るスタイルは気に入ったが、欲しいものはまだある。ただ寝るか畳の上に座るだけでなく、旅館で見かけるような、窓際に椅子と小さなテーブルが置かれたスペースがうちにも欲しい。

小熊が東京の大学生として暮らす上で理想的な住居として選んだ木造平屋も築年数なりの劣化はある。ちょっと見回しても手を付けなくてはいけない場所だらけ、しかしながら欠点の改善に時間を浪費していては、大学における専攻と滞りない単位取得に差し障りそうに思えてくる。

最も厄介な問題は、それらがいずれもたまらなく面白そうだという事だろうか。

（27） 処分

少し寝不足でも何も問題ないような講義を終え、学食で油淋鶏《ユーリンチー》と春雨サラダの昼食を済ませた小熊は、午後の時間を費やして部屋のくたびれた砂壁を塗り直した。

当初は壁塗りなんて職人の仕事、自分がやっても前よりひどい状態になるだけではないかと思ったが、色々調べたところ現在は漆喰《しっくい》や珪藻土《けいそうど》など、いい壁塗り素材が出ていて簡単に出来るという。

通販で手に入れたプラスティックのバケツにパックされた漆喰は、既に開けただけですぐ塗れるように練り上げられていて、いざ壁の周囲を養生保護して塗り始めてみると、ケーキにクリームを塗るような作業はあっさり終わってしまった。

オフホワイトのカラー漆喰で塗った壁の出来上がりは我ながら良好で、灯りを蛍光灯から白熱灯に変えた時に浮かび上がる、あえて不均一に塗った壁の陰影などは、今すぐ誰かを家に呼んで自慢したくなる出来だった。

まだ入学して間もない大学ではそんな人間など居ないので、高校時代の同級生にＬＩＮ

Ｅを送ってみたが、ベトナムに旅立った礼子はツアー会社の不手際で現地の空港に足止めされていて、このまま空港暮らしになるのではないかと愚痴っていた。

椎は入学早々勧誘されたフットサルのサークルに入り、一年生五人しか居ないフットサルチームの再興に夢中になっているらしい。

それぞれが自分の目的のため動いている。自分はどうなのかと思った小熊は、とりあえず明日の日曜日を有意義なものにすべくひさしぶりの早寝をした。

ご飯、浅漬け、ジャガイモとニンジンの味噌汁《みそしる》、鯵《あじ》の干物、冷凍物の菜の花で作った辛子和《あ》え。日曜の朝食としてはそこそこ良好な物が出来上がったと思いながら、小熊は皿や茶碗《ちゃわん》を手製のカウンターテーブルに並べた。

壁のリフォームで明るくなった部屋でＮＨＫ‐ＦＭを流しながら和風の朝食を味わう。

満たされた時間を過ごそうとした小熊は、カウンター前の椅子に座ろうとした拍子に、テーブルの脚につま先をぶつけた。

カウンターテーブルが大きく揺れた後、滑りのいい杉材のテーブルに乗せられた朝食が、次々に床へと落下した。

少しの間呆然《ぼうぜん》とした小熊は、溜《た》め息《いき》をつきながら割れた皿と散乱した朝食を片付け始める。

床一面に広がった味噌汁を拭き上げ、陶器の欠片《かけら》が混じった米と和《あ》え物《もの》をゴミ箱に捨てる。鯵の干物は原形を保っていたが、フローリングに落ちて床の汚れの付いた魚は食べる気がしない。

これが綺麗《きれい》に清掃され磨き上げられた木の床だったら違っていたのかもしれない。天使は清《すが》しき家に舞い降りるという言葉が本物なら、この家は天使も避けていく状態。

幸いご飯も味噌汁も余分にあったので、割れた茶碗の代わりにメスティンの角型飯盒《はんごう》にご飯を盛り、味噌汁をかけて朝食をかきこむ。

厳寒のキャンプなどでは体を温めてくれる命の糧の味がする汁かけ飯も、自らの不始末の結果として食べる羽目になると、なんとも味気ない。

不完全な満腹感のまま朝食を済ませた小熊は、メスティンを洗って片付けた後、カウンターテーブルを憎々し気に見つめた。

朝食を落としたのは自分のミスだが、バイクの操縦や整備でもそうであるように、物事の原因は常に複合していて一つではない。このカウンターにも問題があったのではないかと、腹いせのような気持ちを抱いた小熊は、テーブルを色々な角度から吟味した。

まず天板に対し角材の脚が貧弱すぎる。何かを乗せた時の強度は足りているが、予想外の力が加わった時に木材の撓《たわ》みや接合部の強度不足で揺れる。強度もそうだが質量のバランスが取れていない。

バイクでいえば重心の高いトップヘヴィーな状態。コーナリングで車体を倒しやすいが、自然に倒れる力が強すぎて、復元力も弱い。

天板を安価な規格品の２ｂｙ12材で済ませたせいかもしれない。同じく安い端材で間に合わせた脚を補強しようにも、全て作り直さなくてはいけない。そう思った途端、最初は気に入っていたバーカウンター・テーブルが色々と不完全な物に思えてくる。

幅は一人で使うには無駄に広いが奥行きが足りず、大きな皿を載せると前にも後ろにも落ちやすい。杉の無垢材《むくざい》はヒノキ材やクリ材に比べ素材そのものの密度が低く醤油《しょうゆ》やお茶をこぼすとすぐに染み込む。だいたいオイルステイン系の染料を塗っても真新しさの目立つ木材は、木造家屋の重厚な床や柱の色に合ってない。

このカウンターは作り直そう。小熊はそう思ったが、作るにしても材料を買い揃《そろ》えなくてはならない。すぐに着手するのではなく、今は部屋の内装に比べ遅れ気味な他の作業を進めようと思った。

壁のリフォームを予定より早く終えた事で丸々空いた日曜。何から手を付けようかと少し考えたが、結局カブに触れているのが精神衛生上いいだろうと思い、部屋を出てコンテナガレージに向かった。

コンテナの扉を開け、中の灯《あか》りを点《つ》けると、小熊のカブ90が目に入る。いつだってバイクは、日々の暮らしで起きる波風に少々落ち込んだ気持ちを吹き飛ばしてくれる。

整備済みの極上中古車として買った小熊のカブ90は、今のところ整備する部分が見当たらない。大学への通学だけでなく、それ以上の性能が求められる用途にも応えてくれる事は、大学帰りにあちこちを走った時に確認した。

そろそろエンジン内部の洗浄を兼ねたオイル交換と、新品のチェーンに起きる初期伸びの調整、ワイヤー類の給油、誰とも知れぬ整備士が機械任せで締めたボルトの締め具合も自分の手でチェックしなくてはならないと思ったが、それは今でなくてもいい。どうせ始めてしまえば二〜三時間で充分な作業。

小熊はコンテナの奥を眺めた。事故で損傷したカブ50。部品取り用に貰《もら》って来たが、色々と調べたところ車体や外装などは共有していても、互換性の無い部品も結構多い事がわかった。役に立たぬ原付をどうするか。無駄に場所を取るくらいなら、使える部品だけ剝《む》いて処分したほうがいいだろう。

小熊はコンテナの奥まで行き、仄《ほの》かな灯りに照らされたカブ50に触れた。小熊が高校二年の初夏に買い、二年弱乗っていたカブ。

スタンドを上げてハンドルを押した。歪《ゆが》んだ後輪のせいで抵抗はあるが、ただ押し歩いているだけでは、このカブがもう事故によるフレームの損傷で、修理費が評価価格を上回る全損廃車状態には見えない。死んだカブだということが信じられない。

コンテナの外までカブ50を押し出した小熊は、陽《ひ》の光の下でカブを見た。やはり目視でもわかるくらいにフレームが変形し、後輪の足回りも駄目になっている。外装部品も幾つか破損していた。

小熊はカブをもう一度見る。でもこのカブは、エンジンが無傷。その次に値の張る電装部品も無事で、前輪の足回りは消耗部品を交換して間もなかった事で良好な状態。

このカブは直るかもしれない。フレームの歪みが廃車に繋《つな》がる高額な修理費を要するというのも、プロに外注に出した時の話。手間をかければ自分でも直せる事を小熊は知っていた。その手間が得られるものに見合わないから、フレームの終わったバイクは潰されるが、こっちは時間や手間に余裕のある学生の身。フレームの修復修正も足回りや外装を中古部品で安価に直す事も、出来なくはないし、方法を知っている。

思えば自分は今まで、カブを実用品として安価に維持するため整備を行ってきた。そろそろ雑誌やネットブログに載っているバイク趣味人のように、実利や損得ではない、楽しみとしてのバイク整備や修復というものをしてみたくなった。

小熊は部屋着のままカブ50の前にしゃがみこみ、作業の第一歩となる現車確認を始めた。自分は何でこんな事をしているんだろうかと自問したが、体が勝手にそうなってしまうんだからしょうがない。きっとバーカウンターの自作に失敗した事で、何かの埋め合わせが欲しくなったのかもしれない。

世の多くのバイク乗りは小熊のような真似《まね》をやらかした結果、住居や駐輪スペースを無駄に狭くし、ゴミやガラクタを溜《た》めこむことで家族や近隣住人から悪評を得る。

小熊は買ったバイクを捨てられないという、多くのバイク乗りが罹患《りかん》する病を発症させてしまった。

(28) 同情

コンテナの中が少し暑くなってきたので、屋外で作業すべく小熊がカブを外に押し出していると、自宅敷地前の道路に一台の自転車が停まった。

シンプルな緑色の麻ワンピース、革の安全靴、セミロングの髪。

小熊が図らずも係《かか》わる事になった胡散臭《うさんくさ》いサークル、節約研究会の部員、春日は小熊の姿を認めて安心したような笑顔を浮かべた。

「こんにちは小熊ちゃん。あの、家まで来ちゃってごめんなさい。竹千代さんから、こないだ山で拾った箱の中身、買い取り先が決まったから、山分けのお金を小熊ちゃんに渡すように言われて来たんだけど」

小熊は引越しで幾つかの家具を新調した時、猟銃を買い忘れた事を後悔した。厄介の種を撃って追い払えるものなら、今まさにそうしたい。

「いらない、帰ってそう伝えてほしい」

春日は困り果てたような顔をした。小熊はそういう表情が出来る人間を基本的に信じていない。他人の同情を買うのは小熊にとって最も卑怯《ひきょう》な行為の一つで、詐欺の一般的な手口でもある。少し前にこのカブを全損させた時に交渉した保険会社の人間を思い出す。

春日は背負っていたドンゴロスの袋から封筒を取り出し、万札が何枚か入った中身を見せる。

「でも、こんなにお金を預かってきて。渡さないとわたし、竹千代さんのところに帰れない」

小熊は形だけ合法の体裁を取り繕い、拾い物で労する事なく金を儲《もう》けるセッケンの活動に賛同できなかった。筋の通らぬ分け前を受け取る気が無い事を、あの竹千代という自分を取り巻く全ての人間を掌中に収め、思うまま動かしているかのような女に直接伝えなくてはならないと思った。少なくとも目の前に居る、自らの意志を通す力の乏しい女には、小熊の意向を請け負う権限も責任も無いだろう。

「わかった。今から大学まで行って竹千代さんに会う、少し待ってて」

小熊は春日の跨《またが》っている自転車のハンドルを手に取り、春日をサドルから降りさせた。体がチタンかカーボンで出来ているかのように軽い。

いきなり自転車を奪われた春日は、戸惑ったような表情を見せる。彼女はそういう役回りなんだろう。映画や小説の冒頭で、舞台になる町の荒廃を表現するため、暴漢に荷物を奪われ途方に暮れる端役の少女。

「あの……何を？」

「さっき走って来た時、その自転車がひどい音を立てていて我慢ならなかった。ちょっとはまともに走るように少し整備する」


この春日という少女がどんなに悲愴《ひそう》な様を見せようと、それをどうにかしてやろうなどとは思わない。

ただ、人に使われ人の無知や無精が原因で悲鳴を上げている自転車ならば、話は別。

この手を差し伸べ、ほんの少しの助力を行う事で、機械が幸せな声を聞かせてくれる事くらいは知っている。

（29）自転車整備

困惑した様子の春日に、これから特に急ぐ用事が無い事を確かめた後、小熊は自転車の整備を始めた。

春日はこの後、大学で竹千代に会う予定で、竹千代は事前に外出を伝えている日以外は、いつもあのプレハブ二階に居る。

彼女が乗っていた自転車はＡＥＯＮのシティサイクルで、小熊の知り合いの中にもバイクや車の予備に使うセカンドマシンとして持っている人が何人か居た。

海外生産の安価なママチャリながら、手荒い扱いに耐えるという自転車は、春日の使い方がメーカーの想定外だったのか、ひどい状態だった。

タイヤ、チェーン、ペダル、ステム、ブレーキ、可動する部分全てが耳障りな軋《きし》み音を発している。

よくこれを漕《こ》いでまっすぐ前に走らせることが出来るものだと、妙に感心させられるようなボロ自転車だが、春日を見ていると、自分にはまともに走らない自転車がお似合いと諦めているように見える。実際のところ維持整備に必要な代償を払えない、あるいは払う術《すべ》を知らない人間の使う機械はそうなって当然だが、機械の世界にはもう一つの定理がある。

しかるべき技術を有した人間が扱えば、機械は正しく動いてくれる。

軋み音の正体が油切れで、破損等の致命的なダメージを負っていない事を確かめた小熊は、コンテナ前まで自転車を転がしていきながら、春目に声をかけた。

「そのカブをどかしておいて」

邪魔な物を片付け、必要な物を手元に置くのは作業の基本。散らかった環境では効率が悪くなるだけでなく、工具類を出す時にその手前にある物を動かさなくてはならなくなるので、つい手近な工具で間に合わせてしまい、結果としてつまらないミスをしてしまう。

春目は小熊に言われた通り、カブのスタンドを上げてコンテナ横に移動させる。小熊はそこで一つ気づいた事があったが、とりあえずそれについて考えるのは後回しにした。

作業環境が整ったところで、小熊は春目の自転車を分解し始めた。カブより長い付き合いの実用自転車パナソニック・レギュラーを自分で整備して乗り続けているので、自転車用の工具も必要最低限揃《そろ》っている。

整備は基本的に調整、洗浄、給油だけで終わった。ステムやBBと呼ばれる回転軸のベアリングにグリスを差し直し、ワイヤー類にインジェクターを使って給油する。

買ってから捨てるまで手をつけない人間が多いからか、構造的に整備性が悪く脱着に手間のかかるママチャリの後輪を外し、チェーンとギアに油を差す。春目がこの自転車を投棄自転車回収のバイトをしていた時に貰って以来ずっと動かないと言っていた変速装置も、スプロケットとディレイラーを洗浄給油し、変速ワイヤーを調整したところ滑らかな動きを取り戻した。耳障りな音を立てて鳴いていたブレーキもリムへの当たりを調整する。

後輪を組み立て直し、車体全体にシリコンスプレーを吹いて使い捨て雑巾のキムワイプで磨き上げたところ、埃《ほこり》を被《かぶ》っていた自転車は見違えるように綺麗《きれい》になった。

前後タイヤの空気を入れ直した後、試しに自宅敷地周辺を走ってみたところ、全てが円滑に動き異音はもう聞こえない。変速も問題なく極めて快調。坂の多い町田で乗るなら、小熊のパナソニック・レギュラーよりも楽に走れるかもしれない。

テスト走行を終え、自転車の整備を完了させた小熊は腕時計を見た。四十分少々、バイクほど慣れていない自転車の整備にしてはまぁまぁといったところ。

カブのシートに座って待っていた春日を手招きした小熊は、コンテナ裏から自分の自転車を出した。

これから竹千代に会わなくてはならない。カブで行って自転車の春日に速度を合わせるのは面倒だし、いじっている内に自分も自転車に乗りたくなった。

春日をシートから降りさせ、カブをコンテナの中にしまいながら、小熊はついさっき抱いた疑問を春日にぶつけた。

「カブに乗っていた事があるの？」

春日は「ええ」とだけ言って自分の自転車に跨った。

彼女が小熊に移動させるように言われたカブを押し歩いている時に、もしかしてそうかもしれないと思った。スタンドを上げる仕草、押す時の力の入れ方、カブを知らない人間の動きではない。

シートに座る様を見て小熊は確信した。カブに乗った事の無い人間は、座った時の足の置き場に迷う。春日はごく自然に足をスイングアームの上とステップの上、カブで走り続けた人間が一休みする時、最も落ち着くところに足を置いていた。

春日が過去にカブに乗っていようと関係無い。今は竹千代を捕まえ、受け取るべきでない金を叩《たた》き返すという自分の用を優先させなくてはならないと思ったが、疑問の解決はもう一つの疑問を産んだ。

この女はカブの事を話す時、何でこんなに悲しげな、いやな事を思い出した顔をするんだろう。

（30）拒絶

引越しの時に家財と共に借り物のサニートラックに載せて持ってきて以来、ほとんど乗っていなかった小熊の自転車は、良好な状態だった。

特に講義を受けに行くわけではないので、自転車整備をしていた時のツナギのまま自転車に跨る。小熊が高校時代にバイト先で数着貰《もら》った、ホンダのサービス部署で伝統となっている純白のツナギは特に汚れていない。

ホンダではこのツナギを汚す事無く作業できるようになるのが一人前の証《あかし》らしい。小熊は自分の整備技術がプロから見れば稚拙なものだという事はわかっていたが、自転車の日常整備で汚すほどお粗末でもない。

自分の整備した自転車を後ろから見たかったので、春日に先に行かせた。自転車を漕《こ》ぎ出《だ》した春日は、快調というより普段聞こえる異音が聞こえない事に戸惑っている様子。それまで可動部に砂か接着剤でも詰めたような劣悪な状態だった自転車は滑らかに走っているが、乗る春日が慣れないのか、ややふらついている。

錆《さ》びついて動かなかったハンドル横のシフターを回した春目は、この自転車にギアチェンジの機能がついている事に初めて気づいたかのように、グリップ一体型のシフターを見ている。小熊は自分が初めてカブのギアをチェンジした時を思い出した。あの時は一速から二速に切り替えた事で、自転車より速く走れるようになったカブに高揚を覚え、車と同じ、あるいはそれ以上のスピードを出せる三速に期待を抱いた。以前カブに乗っていた事があるという春目も同じ感想なのかと思ったが、春目はギアを上げた自転車で今までの速度を維持するようにペダルを漕いでいる。自分にもたらされる変化を拒んでいるように見えた。

　これから係《かか》わりになる事も無く、自分に益をもたらす人間にもなれそうにない単なる大学の同級生に対し、小熊は興味など抱かなかったが、自ら出した推測の検算くらいしたくなる。大学の構内に入り、セッケンの部室があるプレハブ前に自転車を乗りつけた春目に、小熊は言った。

「あなたは自転車を丁寧に乗っている、きっとバイクに乗るのも上手だ。今度私のカブに乗ってみる？」

　それまで小熊を気弱ながら友好的な視線で見ていた春目の目つきが変わる。目の前の小熊ではなく、瞳の焦点をもっと遠くに合わせるような表情をした後、彼女にしては珍しくきっぱりとした声で言った。

「カブに乗るのは、やめておこうと思う」

小熊の推測は概《おおむ》ね当たっていた。春日が過去にカブに乗った事があるというのは本当で、そして彼女はカブを恐れ、拒んでいる。

　理由はいくらでも想像がついた。オートバイを楽しむ人間は、必ずしもそれを生涯の趣味とする人ばかりとは限らない。金銭や身体、また駐輪場の事情などで乗りたいのに乗れない人間も居て、中にはバイクに乗るのがイヤになって降りる人間も居る。

バイクで辛《つら》い目に遭った、家族をそういう気持ちにさせた、ある日突然、乗りたい気持ちが消えてしまった。春日がどのパターンに当てはまるのかはわからない。小熊が春日のバイクに対する拒絶に気づいたのは、下り坂で自転車が原付並みの速度を出し、原付に乗っていると吹く風に晒《さら》された時。

　自転車が大学構内に入った時、春日を観察していた小熊の疑念は、確信とまでいかずとも可能性の高い推論となっていた。

絶えず走行速度の変わる複雑な構内道路で、小熊はついカブに乗っている時の気分で、ありもしないシフトペダルを操作するかのように足を動かしてしまったが、春目は自分の自転車についているシフトレバーを一度も動かそうとしなかった。

切り替えたギアによって走り方が変わる、カブに乗る人間が等しく覚え、他の乗り物を扱う時にも得意げに流用する技術を、春目は思い出したくなさそうにしていた。

小熊に何か悪い事でも言ってしまったかのような反応を見せる春目に、小熊は言った。

「悪かった。乗りたくないなら無理に乗らせたりしない」

春目は慌てた様子で首を振りながら言う。

「でも！　初めて会った時、冷蔵庫を運んで貰った事は感謝してるよ！　カブには乗らないけど、とってもいいバイクだと思う」

小熊のささやかな好奇心から始まったつまらないやりとりで時間を浪費する事は好まない。とりあえず春目に、ここに来た理由を思い出して貰った。プレハブの上階を指して言う。

「竹千代さんはまだ居るのかな？」

春日は飛び上がるようにプレハブの外階段を登り始める。彼女もまた、この話を出来るだけ早く終わらせたがっていたのかもしれない。

「たぶん部屋の中に居るから、小熊ちゃんも入って」

プレハブ二階の引き戸を開ける前、鉄階段の手すりを握りしめた春目は、引き戸のガラスを見つめながら言った。

「やりたくない事は、もうやらなくていいんですよね」

小熊は春目の言葉が自分に向けられた言葉じゃない事はわかった。ガラスを通して見える暗い室内と、その奥に居るであろう人物に言ったのか、窓に映る自分自身に言ったのかはわからなかった。

（31）小部屋

竹千代はプレハブ二階のセッケン部室に居た。

春日が小熊を伴って部室内に入ると、畳敷きの大部屋とは別に設けられた小部屋から出てくる。

前置きの必要な関係じゃないと思った小熊は、ここに来た用を早々に果たすことにした。

「お話があります」

「今日は色々とやらなくてはならない事があってね。作業をしながらで済まないが」

それだけ言うと竹千代は高級腕時計の銘が入った小さな化粧箱を持って外に出る。相変わらず筋肉を使っていないかのような動き。こういう所作は相応の筋肉が無いと出来ない事は知っているが、小熊が見た限り何かのスポーツをやっているようにも見えない。あるいは、身体能力の高さに応じ得点を得るスポーツより、もっと大切なものを奪い合う場で養ったものなのかもしれない。

竹千代に付き従って部屋を出た小熊は、後ろからついてくる春目が小部屋の灯《あか》りを消し、ドアを閉める前に室内を素早く見回した。置かれている工具を見れば、ここが何をする部屋なのか察しはつくつもりだったが、ただ時計いじりをするだけの部屋ではない事しかわからない。精密機械の整備をする場にも、工芸品の製造や修復を行う場にも、歯科の技工室にも見える。

小熊がプレハブの部室を出た後、春目に部室の中で待つように告げた竹千代がアルミサッシの引き戸を閉める。人の世で生きていくには綺麗《きれい》すぎる存在を、人に混じり汚れないよう大切にしまい込むように、引き戸を丁寧に施錠している。

プレハブの鉄階段を下りながら、小熊は竹千代に話しかけた。

「今日ここに来たのは、春目が持ってきた分け前の話です」

上級生への話し方として穏当さを欠いていると思ったが、もうその口調が馴染《なじ》んでしまっていて、竹千代は気にしている様子は無い。

鉄階段を降りた竹千代は、プレハブ一階の入り口前に立った。ごく普通の市販品より高強度な物らしきアルミサッシを開錠する。竹千代は室内に入りながら小熊の言葉に返答した。

「分配に不満があるのかい？　活動で得た利益は労力に係わらず等分に受け取るのが我がサークルの決まりなんだがね」

竹千代の言葉に、関東の言葉とは少し異なる三河弁に近い発音が微《かす》かに聞き取れた事に気づいた小熊は、竹千代についてプレハブ一階に入りながら答える。

「私はその金を受け取る理由も意思も無い。そう言おうと思ってここまで来た」


手に持っていた化粧箱をプレハブの隅にある鍵つきのロッカーに仕舞《しま》った竹千代は、ちょっとした金庫ほどの分厚い鉄板で作られたロッカーの中から二十号ほどの油彩画を取り出しながら小熊の言葉に答える。

「世の中は金や物を欲しがる人間で一杯だ。なのに君が正当な報酬を受け取ってくれない理由を聞かせて貰えるだろうか？」

小熊はプレハブの中を見回した。ロッカーの中ほど片付いていない室内は、整頓をサボっているのではなく意図的にそうしているように見える。

「金を受け取ればどうあっても人間関係が発生する。私にとってあんたは近づきたくない人間だ。少々の金で私の生活に不確定な要素を持ち込みたくない」

　竹千代は別のロッカーから油彩の修復道具と思《おぼ》しき木箱を取り出しながら返答した。

「小熊君のそういう慎重なところを私は敬愛している。しかしながら、私にとって義理を欠く事は何よりも耐え難い恥辱である事も理解して貰えるだろうか？　私を誰かが本来享《う》けるべき利益を自らの懐に仕舞う下劣な人間にしないでほしいと、切に願う」

　小熊は他人に上から命令、指示する人間を好まないが、それより嫌悪し、恐れているのは、何一つ命じる事なく人を動かす人間。たとえば今、自分に向かって何か意味のあるような事を言っている奴《やつ》のような。

「ならばその金は受け取って、その辺に捨てていきます。きっとヤギか何かが食べてくれるでしょう」

　小熊がロッカーの裏手に積まれた、どこかの取り壊し現場からくすねてきたらしき建材を眺めていると、竹千代は感情の動きが何一つ感じられぬ声で返答した。

「私は君が凡百の人間よりも金の重みというものを知っていると思っている。もっと有益な判断が出来ると」

　この底知れない女は一体自分の何を知っているのかと、薄ら寒い思いをした。この女から貰《もら》った金で買った物を、自分の身近に置きたくなかったが、ここから早々に立ち去り、竹千代の張る蜘蛛《くも》の糸のような罠《わな》から逃れるには、折衷の妥協案を出すしか無いと思った。

「もうちょっとマシな使い方をしろというなら、私はその金でこれを自分のものにしたい」

小熊が掌《てのひら》で示したのは、高校の教室ほどの広さの、プレハブ一階全体。


小熊の提案がどこまで予想外でどれだけ想定内なのか。竹千代は笑みを崩さぬまま愉快そうな声で答えた。

「我々を見くびって貰っては困るよ。この部屋にある物は全て私がこの目で厳選した商品だ。小熊君への報酬は弾んだつもりだが、このキスリングの小品さえ買えないだろう」

竹千代がついさっきロッカーから取り出した、鮮やかな黄色のミモザの花が描かれた油彩画を小熊に見せる。よくできた模作。あるいは、パリの近代美術館に収蔵されている方が模作かもしれない。

「もちろん、こんなゴミ全部貰っても置き場所に困るだけ。だからこの中にある物を、いつでも漁《あさ》り、あんたらの許可を得た物を持っていってもいい権利を買いたい」

竹千代は小熊を見る。次に出てくる言葉を楽しみにしているようにも、大物の魚がまんまと釣り上げられる様にほくそえんでるようにも見える。

「この部屋にある物は我がセッケンの共有資産だ。我々の仲間である君はすでに権限を有していると思っていたが、小熊君がそういう形で、在籍しないまま在籍者の権利を得る事を望むなら、喜んでそうさせて貰おう」

「少し待っていてほしい」と言った竹千代は部屋を出た。足音ひとつ立てずプレハブ階段を登った竹千代は、すぐに降りて来て二つの鍵と、何かの記号が書かれたプラスティックのタグを小熊に差し出す。

「これが一階の鍵で、こっちが二階の鍵、それから防犯装置の解除キーだ」

一階のガラクタだけが目的だった小熊は、二階のキーとタグを返そうとしたが、竹千代に「念のためだ、持っていてほしい」と押し付けられた。

小熊は自分の掌の上にある鍵を眺めた。数万円の金と引き換えに、何かとんでもない物を受け取ってしまった気がする。今さら後悔しても遅いので、とりあえず小熊は、自分に衝動的な決断を促した物に手を触れた。

ロッカーの裏にあった建材の一部。幅広で長さも百八十ｃｍほどありそうな、分厚いヒノキ材。

小熊が欲しいと思っていた自作バーカウンターの素材として理想的。

（32）玄関越しの風景

　翌日以降も、小熊のセルフリノベーション作業は続いた。

　午前中は大学に行き、専攻、一般教養共に自分の見識を広げられる実感に乏しい講義を受け、午後は資材を買って回り、自宅や周辺の敷地、コンテナガレージに手を入れる。

　壁を漆喰《しっくい》で塗り直した六畳の和室も、バイクの部屋と名付けた四畳半の部屋も、日に日に快適かつ自分らしいスペースになっていく。

　バーカウンターの作り直しは、天板の下を食器や食材、調味料の棚にする事で重心が高すぎる問題を解決し、バーそのものの奥行きも広くなった事で上質な食事時間を過ごせるようになった。

　コンテナガレージについては、鉄板むきだしの壁にタペストリーを飾り、照明を追加することで、作業に便利なだけではなく、そこに居るだけで楽しくなるような空間を作ることが出来た。

　リフォームが佳境を迎えた頃、小熊はもう一つの趣味にとりかかり始めた。

貰い事故で廃車にしたカブの修復。天候や時間を問わず効率的な作業を行えるようになったコンテナガレージで、カブを分解し始める。外された部品を置くスペースも充分にある二〇フィートのコンテナで、カブはフレームだけの姿となった。

この歪《ゆが》んだフレームを修正する費用次第で、このままカブを修復するか否かが決まる。フレーム以外にも交換しなくてはならない部品は多く、そのまま純正の部品を発注し組み付けるだけでなく、アフターパーツと呼ばれる改造部品に取り換える選択もある。

生活における必要性からは離れ、純粋に楽しみのため行うカブ整備は小熊にとって、今まで経験したことの無いものだった。ただひたすらカブについて考え続ける幸福な時間。大学に入ったら始めようと思っていたアルバイトも、既に山梨でバイク便の仕事をしていた頃に培った実績と、小熊の仕事っぷりを言いふらしてくれたらしき浮谷社長のおかげで、都内にある幾つかの急送会社から仕事の依頼や在籍の打診が来ていたが、生活費については高校の時より手厚い給付型の奨学金で足りているので、とりあえず学業の優先という建前で回答を保留した。

小熊は今の暮らしに不満は無かった。大学に入学して間もない頃に近づいてきた節約研究会なる面々は、小熊が彼女らの所有するガラクタを好きに漁《あさ》って持って行く権利を得て、バーカウンターの材料を頂戴して以来、連絡も接触も無い。

カブのフレームは、二年前にこのカブを買って以来色々と世話になっていて、たまに仕事を手伝っていた中古バイク屋のシノさんに、八王子にあるビンテージバイクのレストア業者を紹介して貰い、レーザーによる歪み測定を行った。

追突事故で後部フェンダーを凹《へこ》ませただけのように見えたプレス鉄板製のフレームは、小熊が思った通り全体にわたる変形を起こしていたが、歪みそのものは軽微で、商売に汚い中古バイク屋なら、このまま後部の凹みだけ板金修正して売り出すであろうレベルだったが、小熊はそんな状態のカブに乗る気は無かったので、プレス修正機で歪みを取り去って貰った。

車両じゃなくフレーム単体で持ち込んだおかげで、費用はかなり安く抑えられたが、もし何から何までプロに依頼していたなら、エンジンやその他の部品の脱着工賃だけでも、中古のカブが買えるくらいの費用がかかっていた。当然破損した部品の交換も、メーカーから新品を取り寄せていればそれなりの値段になる。

後学のため作業を見せて貰い、あれこれと口を出しているうちに、鋭い感覚とカブの知識を見込まれショップのサービススタッフとしてスカウトされる羽目になった小熊は、申し出を丁寧に断り、カブの後部にカブのフレームを積んで家に帰った。

　フレームは店の木箱を借り、後部キャリアに縦積みすることで、原付二種の合法的な積載範囲に収まったが、その手の法規を悉《ことごと》く無視していたカブ仲間の礼子は、嘘《うそ》か本当か自分のハンターカブで分解したカブを丸ごと一台運んだこともあると豪語していた。最近は高校時代に知り合った人たちの事を思い出す事が増えた。

　自宅のコンテナガレージに籠った小熊は、修正を終えメーカーの新車より高い精度を取り戻したカブのフレームに、部品を組み付け始めた。事故での破損や今までの使用による劣化を起こした部品を交換すべく、出来るだけ安い物を探しては取り寄せた中古パーツも、コンテナガレージには揃《そろ》っている。

　このカブを修復してどうするのか、小熊はまだ決めていない。とりあえず今乗っているカブ90の予備車にするつもりだが、カスタムベースにする、あるいは仕事用と遊び用のカブを分けるなど、色々な選択肢が広がっている。

コンテナガレージはここ数日のリノベーション作業のおかげで、動きのいい作業が可能になっていた。明るい照明の下、ラジオやスマホで音楽を聞きながら、広々としていながら必要な工具や部品が効率的に配置された環境で、趣味としてのバイク整備を楽しむ事が出来る。

小熊は自分の生活が、理想的な形で完成しつつある事を実感していた。ガレージは人に自慢出来るような物になったし、ダイニングのバーカウンターでは、雰囲気のいい灯《あか》りの下で充実した食事やお茶の時間を過ごす事が出来る。和室仕立ての寝室では重厚な木の柱や天井、真新しい壁や畳に囲まれながら、ちょっとした高級旅館に泊まっているかのような気持ちで眠れる。バイクの部屋と名付けた趣味のコレクションを揃えた部屋も洋間風のリフォームは良好な仕上がりで、これから収集品で飾られていくであろう部屋で過ごす時間は何物にも代えがたい。風呂やトイレも、高校時代に住んでいた山梨の集合住宅とは比べ物にならぬほど上等な代物。最初の段階でややみすぼらしいと思った玄関灯も、すでに新品を注文し、取り換え作業も終わっていた。

大学の豪奢《ごうしゃ》な女子寮をバイク禁止という理由のみで蹴り、コネで見つけた木造平屋の賃貸契約から始めた、自分の居場所を作り上げる作業が一つの完成形を迎える中、小熊の心に何かが引っかかっていた。

もう手を付けるべき所を探すほうが難しい家とガレージ、退屈ながら順調な大学生活、面倒な人間関係からの解放、そして二台のカブ。

今の自分が手に入れなくてはならない物、欲しい物は何なのか、それを考えながら小熊はガレージでの作業を一段落させ、縁側の水道で手を洗った後、夜になると自動的に点灯する玄関灯に照らされたドアを開けた。


玄関を開けて部屋に入り、室内灯のスイッチを入れると、磨かれた木の床と自作のバーが目に入る。小熊は自分がこの家で最も気に入っている光景を見た時、今まで抱いていた疑問の答えに突然気づいた。

家の中に誰も居ない。

（33）孤独

温かみのある白熱灯に照らされたダイニングは、いつもより気温が低い気がした。

今年の春は寒暖差が激しいのかもしれないと思った小熊はエアコンのスイッチを入れ、夕食の準備を始める。

体の表面だけではなく、もっと奥の部分まで染み込んでいくような冷たい感触に抗《あらが》うように、チリと呼ばれる、豆とトマト、唐辛子の煮物を作った。


チリパウダーと赤唐辛子、トマト、オニオン、オレガノ、モラセスと呼ばれる黒い糖蜜で牛肉と白インゲン豆を煮込み、炊飯器より早く炊けるメスティン飯盒《はんごう》で米を炊く。

出来上がったチリをご飯の上に盛り、レタスとトマト、タマネギのサラダを添える。無糖の炭酸水をグラスに注《つ》いだ。

出来上がった夕食をバーカウンターに並べる。分厚く大きいヒノキ材は、いつも食事をただのテーブルより美味《おい》しく見せてくれる。

ラジオでＮＨＫ－ＦＭを流し、スツールに座って夕飯を食べ始めた。チリもオリーブオイルと塩、レモン汁で和《あ》えたサラダも出来上がりは上々。今住んでいる町田市北部は、日常的な食材も物珍しい食べ物も、山梨に居た頃より種類豊富で廉価に手に入れる事が出来る。

チリを頬張《ほおば》った小熊は、春の東京よりテキサスかメキシコに似合いそうな刺激的な味に、思わず声を出した。

「辛いな」

ダイニングに響いた自分の声に、なんだか気恥ずかしくなった小熊は、ラジオの音量を上げた。そのまま黙って食事を済ませる。

これは時々他人から伝え聞きつつ、今まで自分には縁の無かった孤独という感情なのかもしれない。未知の感覚に対する物珍しさもあってもう少し味わってみたいような、これ以上孤独を実感すると何かが壊れてしまうような気持ちになってくる。

バイクに乗る時の、期待と不安が混じり合ったような気分に似ているかもしれない。そう思った小熊は、夕飯を片付けた後、スマホを手に取った。

（34）椎

翌日、しばらくぶりに会った椎は、見た目が少し変わっていた。

外出時の服をジャージ上下で済ませるのは変わりないが、水色のジャージを一張羅のように着ていた高校の時には持っていなかった、グリーンの生地にレモンイエローのラインが入ったジャージを着ている。

服がジャージからお洒落《しゃれ》ジャージに、それが大学生になった椎の変化なんだろうか。きっと社会人になった彼女は、高級なジャージを着ているに違いない。

小熊が夕べＬＩＮＥで、家に遊びに来ないかと誘った高校時代の同級生、恵庭椎は翌日すぐリトルカブに乗ってやってきた。

紀尾井町の大学に通うため実家を出て、二子玉川のマンションで一人暮らしをしている椎の話では、昼間なら下宿している二子玉川からここまで一時間弱で来られるらしい。

現在、小熊の目の前では、ジャージの上着を脱いでリトルカブの後部ボックスに放り込んだ椎が、サッカーの子供用ボールをリフティングさせている。

ランニングシャツ姿の椎は水色がかった髪をポニーテイルにしていて、少し日焼けしたように見える。

椎の話では大学に入学していきなり部員四人のフットサルチームに勧誘され、全員が一年生、五人中四人がフットサル未経験の初心者チームで、アラと呼ばれるミッドフィールダーをしているという。

ようやく公式戦に出られる頭数は揃ったが、チームジャージもシューズも無く、大学からは正式なサークルと認められていないため専用のグラウンドすら無いフットサルチームで、椎たちは自作のゴールを担ぎながら校内の空いている場所を探しては練習を重ね、今日ついに全員分の新品ボールを手に入れる事が出来たらしい。

小熊と話している間もトラッピングやヘディングの練習に余念の無い椎は、サッカーの少年用四号ボールと兼用のフットサルボールを蹴りながら、小熊の話を聞いていた。

孤独という今までに無い感情を自覚し、高校時代の友達に会いたくなった。椎が望むなら二子玉川まで会いに行きたいと思ったが、椎は小熊がＬＩＮＥしたところ翌日すぐに町田まで来てくれた。

もう一人の友達の礼子は、昨日見たテレビにタイの空港で起きたテロ事件で足止めされている観光客の一人として映ってたので、それでもう会った気になった。後輩ながら小熊が誰よりも深い関係を結んだと一方的に思いこんでいた慧海は、同級生の史《ふみ》と春のピクニックに行くため、小熊の孤独にかまってくれる暇は無い様子。

消去法というか、たまたま手近に居たからといった感じで小熊に呼ばれた椎は小熊に向かってボールを蹴った。小熊が胸でトラッピングし、何度かボールをリフティングさせてから返すと、椎は額でボールを受けながら言った。

「なんだ、そんな事ですか」

椎がもう一度ボールを寄越《よこ》す。先ほどより少し強い。カブに乗っていた時も街を歩いていた時も、小熊は椎がついていけるように速度を調整していた気がする。今は椎のほうが小熊にキャッチ出来るよう気を使ってボールを蹴ってくれている。

小熊は一度インサイドで蹴り上げてから足の甲で受ける。そのまま甲に乗せたボールのバランスを取りながら言った。

「らしくないかな？」

小熊がトゥで高く蹴り上げたボールを踵《かかと》で受けた椎は、一度弾ませボレーキックしたボールを、リトルカブの後部ボックスにシュートインさせながら言う。

「小熊さんは寂しがりな人ですよ。初めて会った時からずっと」

（35）心の余白

陽《ひ》が落ちるまでずっとサッカーボールを蹴り合って遊んだ後、椎を夕食に招待した。

チリなら山梨の母によく作って貰《もら》ったという椎は小熊が昨日作ったチリの辛さに目を白黒させ、冷蔵庫から勝手に出したヨーグルトをたっぷり乗せて食べている。真似《まね》したところなかなか美味《うま》い。

唐辛子の辛さもまた美味だと思っている小熊は、せっかくの刺激を緩和させるような味など加えたくないと思っていたが、辛さは一つだけではない。柔らかい辛さもまた味わう価値のあるものだと知った。

椎は小熊が出した無糖の炭酸水をマドラーで混ぜていたので、それに関しては遠慮なく椎の頭を張り倒させてもらった。炭酸はかき混ぜるとただの水になる。世の中には丸めたり和らげたりしていいものといけないものがある。

食事と食後のコーヒーの間ずっとヒノキのバーカウンターを触りまくり「これいーなー、くださいー」と言っていた椎は、深夜になる前にリトルカブに乗って家に帰った。フットサルを始めた椎は、三年の後半ずっと受験勉強をしていた高校時代より健康的な生活になったらしく、小学生のような早寝が習慣になっているという。

椎は帰り際に、うちだグラッパのボトルを一本置いていった。フランスではマール、イタリアではグラッパと呼ばれる、ワインの酒粕《さけかす》から作ったブランデー。

小熊は勝沼産のグラッパを眺めながら、山梨に居た頃を思い出した。寒さに凍えそうな時や蒸し暑さに嫌気が差した時、椎はよくグラッパ入りのコーヒーを淹《い》れてくれた。

バーには酒瓶が無いと物足りないですと言った椎は、グラッパのボトルをシンクの上にあるガラス戸の棚に飾る。

バーカウンターの下に収納を作ったため、入居直後のように空っぽになった棚は、グラッパの瓶が一つ置かれたことで小熊のスペースになった感じがした。上等で堅牢《けんろう》な作りの棚と、美麗なデザインのボトルが一本、どちらも淋《さび》しい。

明日にでも南大沢のショッピングモールに行き、料理やコーヒーに入れる酒を何本か買い足そうと思いながら、小熊はパーコレーターで淹れたコーヒーに多めのグラッパを落として啜《すす》った。椎が言った言葉が頭に引っかかる。

椎は自分のことを、寂しがりな人間だと言っていた。そんな覚えは無いが、他人が、特に人を見る目に関しては小熊よりずっと確かな椎が言ったのなら、その通りなのかもしれない。

家に母が居て、平凡な学生だった頃は人を恋しくなるより、疎ましく思うほうが多かった。生まれてこのかた一人が苦痛になった記憶は無く、不便を感じたこともそれほど多くない。

母が失踪し他の高校生より早く世の波風に立ち向かう必要が生まれた時、小熊の自我と感性はだいぶ広がったが、それだけに孤独などという感情は、暇人の贅沢《ぜいたく》な悩みにしか思えなかった。

小熊はコーヒーカップをカウンターに置き、自分以外誰も居ないダイニングを見回した。白熱灯の暖色に照らされつつ、どこか寒々しい部屋の中で、温《ぬく》もりを感じる物が視界に入る。

ダイニングに隣接した四畳半。小熊がバイクの部屋と呼んでいる趣味の物を収集するスペース。先ほど椎に部屋のコレクションを自慢し、羨ましそうというより空間の無駄遣いだと呆《あき》れられた部屋の戸が開け放たれ、読書や作業に適した蛍光灯の照明が点《つ》けっぱなしになっていた。高性能な銀塩カメラで撮られた写真のパネルが壁に飾られている。小熊が高校三年の夏に、スーパーカブで富士山を登頂した時の姿。

泥まみれのカブと傷だらけの自分自身を見た小熊は気づいた。自分の傍らには、いつもカブがあった。

高校二年の初夏に買ったカブは、絶えず小熊に楽しみや苦しみを与え続け、退屈させてくれなかった。カブに乗った事で知り合った人たちはいつも小熊の周りに居て、孤独という感情に気づく暇など無かった。

寂しくなった時にはカブがある。カブと一緒に居る限り辛《つら》くない。そう思った小熊は、家を出てコンテナガレージの灯《あか》りを点けた。今乗っているカブ90は特に手をかけるところは無いが、修復中のカブ50はまだまだやるべき事が数多くある。それをいつか、後で、暇になったらなどと後回しにしていたから、孤独などというつまらない感情が入り込んでくる。

部屋着から作業ツナギに着替えた小熊は、カブの修復作業を開始した。歪《ゆが》んでいたフレームは既に修正を終えていて、交換すべき部品はガレージの中に揃《そろ》っている。あとはそれを組み立てるだけ。

これからどれほどの時間を費やすのか、そう思いながら始めたカブの組み立ては、夜が明ける頃にあっさり終わってしまった。敷地内で軽く走らせるが、不調や異変は何も起きない。

また、やる事が無くなってしまった。

住み心地良い家と趣味に没頭出来るガレージ、それに加え極めて調子のいい二台のカブに恵まれた小熊が、何もない空間に放り出されたような気持ちを味わっていると、ガレージの外から物音がした。

公道に面した家。たまには車や歩行者が通る事もあるが、小熊にとって他の雑音とは異なる音が近づいてくる。

自分で組んだ機械の音は忘れない。

つい先日、小熊が修理調整した自転車に乗って、ヒッケンの春目がやってきた。

（36）柿の葉茶

春目はいつも余裕が無さそうに見える。

初めて会った時も、中背の小熊の顎くらいまでしかない小さな体には大きすぎる冷蔵庫を、小口荷物用の台車で運ぶべく奮闘し、押しつぶされそうになっていた。

体も栄養の足りてなさそうな痩せぎすで、身に着けている物は決まって着古した麻のワンピースに、爪先の革が剝《は》げた安全靴。

彼女の金銭状態がどうなのか詳しくは知らないが、いつも白鳥のように着飾った竹千代の後を必死でついていっている、アヒルのような女。

今も小熊が整備したおかげで、今まで固着し動かなかった変速装置が使えるようになったにもかかわらず、荒い息を吐きながら、ふらつく自転車を漕《こ》いでいる。

道路に面した敷地に出た小熊は、自分の家を振り返った。元は老朽した木造平屋ながら、今では奨学金頼りの大学生には不相応なほどの贅沢気分を味わえる家と、バイク好きには理想的な趣味の時間を楽しめるようになったガレージ。

加えて今では二台のカブを所有し、セカンドマシンとして乗っている自転車も、売ればそこらの量販店に並んでいるシティサイクルよりずっと高値がつくというパナソニックの実用自転車。

これらの生活を、小熊は全て自分の力と人脈で手に入れてきた。親も無く資力も無く、ないないの女の子だった頃から、一台のカブを機に積み重ねてきた生活の余裕。

今、この家に近づいてくる春目という女は、どんな人生を過ごしてきたんだろうかと小熊は思いを馳《は》せた。自分と同じく、満たされた環境とはほど遠い境遇だったと竹千代から聞いている。そして彼女は、小熊が出会い、手に入れた物を得られないまま苦難の十代を過ごした末、竹千代と出会い、小熊と巡り合った。

春目はまだ暑いというには早い気候の中、小熊なら自分の変速ギアのついていない自転車でも片手ハンドルで登れるような坂を、汗まみれになって漕ぎ登っている。

自転車はようやく坂の頂上に達し、春目は小熊の家の前を通る道路に自転車を乗り入れた。あの自転車は数日前、小熊が善意というほどでもない暇つぶしと好奇心で調整を行い、今は快調に動いているが、そのうち日常整備では直しされない部分が壊れ、修理の技術も店で直して貰う金も無い春日には維持できなくなるだろう。自転車を買い直す余裕などあるわけもない。きっと彼女をそういう不幸な星の下に置きたがる神が居て、お前が大切な物を手に入れる事など許さないとでも言うかのように、ささやかな幸せすら奪っていく。

自分の目前を通り過ぎようとする春日に、小熊は手を振った。春日はなぜか申し訳なさそうに頭を下げる。小熊が春日たちセッケンの人間が自らに干渉する事を快く思っていない事は知っているらしい。小熊は春日の不幸に人並みの同情をしつつ、他人が自らの生活に入りこむ事を拒絶した。

春日はそのまま自転車で小熊の家を通過しようとした。平地で自転車を漕いでいるのに、なにか重荷を背負い上り坂と戦っているかのように、苦難に満ちた表情。

竹千代が言うに、生まれついて拾い物の嗅覚を有しているという春日は、普段から多摩の里山を自転車で走り回り、食用や薬用、染色に使える野草を探し回っているというが、既にあちこちの山道を走り回り、野草を摘んできたと思《おぼ》しき春日は、町田市北西部の丘陵地帯に収穫の手を広げようとしているらしい。

自転車の前カゴには中身の詰まったドンゴロス袋が放り込まれていた。春日は以前、ノビルやゼンマイ、タンポポやフキノトウなど、春の野草が採れるこの時期は、これからの生活を楽にするため、少しでも食用の草を摘んでおきたいと言っていた。

　春目が手に入れようとしている生活の余裕は、きっとまた奪われていくだろう。神が百頭の羊を活《い》かすため選んだ、一頭の迷える羊の上に暗く輝くという不幸の星に、あるいは彼女自身の心のどこかで破滅を望む潜在意識に。

　自転車が壊れるかもしれない。栄養の欠乏で倒れるかもしれない。意外と車の流れが速い山中の道路で轢《ひ》き逃げでもされるかもしれない。人はいとも簡単に不幸に落ち、あっさりと死ぬ。

　我が家の敷地。誰にも邪魔されぬ幸せで満たされた場に立っていた小熊は一歩足を踏み出した。目前を通過する自転車に声をかける。

「春目」

　春目は自転車を停《と》め、振り返った。やむをえずこの道を通ってしまった事を申し訳なく思っているような表情。きっと彼女は、今から自分に不幸をもたらす神に出会った時も、同じような顔をするんだろう。

小熊が手招きすると、春日は自転車を押し、おそるおそる道路と敷地の境目に自転車を寄せる。何か怒られるものと思いこんでいる春日に小熊は言った。

「今ちょうど出来上がったバーに誰か招きたいと思っていた」

春日の顔が明るくなった。小熊が玄関から家の中に招くと、自転車を家に寄せて駐《と》めた春日は、安全靴を脱いで嬉《うれ》しそうに部屋に上がってきた。ドアを閉める仕草を見るに、もしかして春日はこの家に似た木造平屋に住んでいたことがあるのかもしれない。その時の記憶からイメージした室内の雰囲気とは異なるインテリアを見回し、感嘆の表情を浮かべている。

「なんだかお店みたい」

小熊はバーカウンターの前に置かれた丸椅子を加工して作ったスツールを勧めながら言う。

「客は来ないけどね」

カウンター内のキッチンに入った小熊がコーヒーを入れるため、パーコレーターを出したところ、スツールから降りてカウンターの中に入って来た春日は言う。

「あの、よかったらお茶はわたしに任せて」

春日は雑草の詰まったドンゴロス袋に手を突っ込み、小さな革袋を取り出した。アンデスの高地民族がコカの葉を入れていたような袋をひっくり返した春日は、中に詰めてあった茶色く枯れた葉を掌《てのひら》に落としながら言う。

「去年この山で採った柿の葉なの。町田の北部でよく見かける禅寺丸柿《ぜんじまるがき》は渋柿混じりだけど、干した葉は煎じて飲むとおいしいんだよ。柿の木が植えてあった斜面は所有権の係争中で立ち入り禁止だったんだけど、こないだ片方の人が死んだとかで地主の人が特別に入れてくれたの」

　小熊はお茶についてさほど詳しいわけでもないので、春日に台所を任せた。

　淹れられたお茶は独特の爽快感があって美味だった。小熊はバーカウンターの下にある棚から、先日大学付近にあるアンティークショップで買ったばかりの砂糖壺《つぼ》を取り出してカウンターに置く。柿の葉茶の苦みは小熊には楽しめるものだったが、春日は苦いものしか知らないように見える。世の中には甘い物もあるという事を知ってほしかった。

　お茶に砂糖を入れた春日は、甘いお茶を気に入った様子。小熊と春日はお茶を飲みながら少し喋《しゃべ》る。二人ともあまり口数が多いとはいえないので、会話はさほど弾まない。

　春日から聞いたところ、彼女の生い立ちは小熊の思った通り冴《さ》えないものだった。さほど富裕ともいえない両親の間に生まれ、貧しいながら平凡な暮らしをしていたが、このまま成功に縁遠い単調な人生が続くと思われた矢先に、大規模災害で両親が死んだ。

住んでいた自治体の福祉担当者の怠慢で、春目はろくな扶助が受けられぬまま、高校を中退しバイトで食いつないだが、社会への適応能力に乏しい春目は暮らしに行き詰まった。アルバイト先で酷使された結果、体を壊して解雇された春目は、この二十一世紀のご時世に飢えて死にそうになった。

生きている限り徴収される家賃や税金など、多重に襲い来る苦難にまともな判断力を失いつつあった春目が腹を満たすため、あるいはこのまま楽になるため山に入り、食べられる草をむしっていたところで竹千代に出会った。

春目が目の前の草を何でも口に突っ込みたくなるほどの空腹に苛《さいな》まれつつ、山野で素人が見つけるのが案外難しい食用可能な野草や木の実を選んで摘んでいることに注目した竹千代は春目を保護し、自身の抱《いだ》く遠大な構想への協力と引き換えに大検資格の取得と、大学進学の面倒を見たという。

世に数多く存在する悪どい組織が貧困者を取り込む典型的な手口に、小熊は飲んでいたお茶を吐き出したくなるような思いをしつつ、スツールから立ち上がった。

「自転車を見せて」

数日前に小熊自身が点検整備した自転車は、快調な動作を示していた。ただし、自転車整備の経験は浅くともカブをそれなりに弄《いじ》り回した小熊は、機械の状態とは目に見える物だけではないことくらい知っている。

小熊は自転車フレームのシートポストを強く引っ張った。先日整備した時には許容範囲として見過ごした微《かす》かな異音と嫌な感触。やはりシティサイクルによく使われているアルミフレームにクラックと呼ばれるヒビ割れが発生している。

日常使用には問題の無いレベルで、ほとんどの自転車ユーザーは用済みになって処分するまで気づかない程度のクラックだが、春目の使い方が普通とは限らない。他にもあちこちを触ってみると、廉価な自転車の各部は老朽、劣化していて、いくら可動部をメンテナンスしても、いずれ車体の基幹部分が致命的な破損を起こす。

小熊は自転車を見て、それから春目を見る。自分を殺すかもしれない自転車に、愛着のこもった目を向けている。きっと竹千代のことも同じような目で見ているんだろう。

小熊の頭の中で、色々な感情が交錯した。もしかしたら自分もそうなっていたかもしれない春日の人生。遠からず訪れる破滅。先ほどバーカウンターで過ごした時間。小熊は頭を振り、コンテナガレージの中に入っていった。

コンテナから出てきた小熊は、自分で修復したカブ50を転がしてきた。外に運び出したカブを春日の前に駐《と》め、言った。

「これをあんたにあげる」

春日はメッキと塗装の輝くスーパーカブをしばらく眺めていたが、小熊を見て言った。

「いらない」

春日が原付を嫌っていることは知っている。それでも小熊は、今の春日が人生の暗く深い沼から脱するには、何か彼女に力を与える物が必要だと思った。

「春日に使ってほしい」

春日は小熊の勢いに圧《お》されたように、スーパーカブに手を伸ばす。ハンドルグリップに触れた途端、春日はその場にしゃがみこんで叫んだ。

「乗りたくないの！」

自分の出した声に驚いた様子の春日は、顔の皮を引っ張って縫い付けたような笑顔を浮かべた。

春日はお茶に招待してくれた事への礼を述べ、自転車に乗って走り去った。

（37）キーボード

春日が去った後の玄関前で、小熊はカブをコンテナガレージに戻した。

付き合いの浅い小熊の目から見ても、春日の暮らしがとても危ういものだという事は明らかだったが、自分がカブをあげようとした理由についてはよくわからなかった。

ただ、自分の手で修復したカブが、ここで自分が現在乗っているカブ90に次ぐ二番目の存在ではなく、誰かの人生を変えるかけがえの無い何かになる様が見たかった。

そう思って小熊は高校時代に散々走り尽くし、趣味としてのメンテナンスでも充分楽しませて貰《もら》ったカブを譲渡しようとしたが、春日に拒まれた。

小熊は自分なりに理由を推測したが、思い当たる事は幾つかある。カブに轢《ひ》かれたのかもしれない。あるいはカブで仕事を失うような事をやらかしたのかもしれない。ヒントがあるとすれば、春日は行動の端々に以前カブに乗った経験があることを窺《うかが》わせる仕草を見せていた。カブに乗った事がある人間が、カブを嫌っているのはどういう理由と経緯から来るものなのか。小熊はコンテナガレージの中で自分のカブを撫《な》でながら思案したが、幾ら考えても理の通った推論より妄想に近いような理由しか思い浮かばない。

結局、小熊は一度しまったカブ50を再びコンテナガレージの外に出した。エンジンを始動させて、玄関から家に入ってヘルメットとグローブ、ライディングジャケットを取って来た。

結局のところ、自分には関係の無い人間の事情に首を突っ込む必要は無い。そんな事よりもせっかく組み上げたカブの試走でもしたほうがいい。

自分で行えば安くつくナンバー登録は先日、市役所で済ませていて、保険に関しては原付ではなく乗る人間が補償や保護を受ける共済に加入しているので問題ない。

ついでに春日の事情について、知っている人間を捕まえて聞いてみるのも悪くない。他人のために労を負う事など性に合わないが、ただ当ても無く徘徊《はいかい》するよりも、何かしら目的のある走りをするのは、いいテストライディングになるに違いない。

それはもしかすると、カブだけでなく自分自身の他者に対する情緒や、疑問を解明する能力を測るテストになるのかもしれない。

エンジンをかけたカブに跨《またが》るまでは頭の中を交錯し、思考を濁らせていた複雑な感情が、走り出した途端に澄み渡ってくるのがわかる。バイクは考え事をする機会の多い乗り物で、考え事に囚《とら》われていると事故に直結する物でもある。自分はカブに乗っていると、物事の真髄が見えやすくなるのかもしれない。そう思った小熊は、自宅から南大沢駅へと繋《つな》がる緩い下り坂をカブで下り、大学の正門経由で節約研究会の部室へと向かった。

外に漏れる灯《あか》りを見るまでもなく、部長の竹千代はプレハブ二階の部室に居た。合鍵を使って開錠し、教わった通り壁の傷に隠されたセキュリティスイッチを押してから引き戸を開けた小熊を見て、軽く頭を頷《うなず》かせる。

いつも通り黒留袖をワンピースドレスにリフォームした和服と洋服の折衷のような服を着た竹千代は、畳敷きの部室で先日まであった炬燵《こたつ》に代わって置かれた分厚い一枚板の卓子に不似合いなノートＰＣのキーボードを叩《たた》いていた。

竹千代の向かいに座った小熊は、前置き無しで言う。

「あなたに聞きたいことがあって来ました」

ＰＣのディスプレイに目を落としたままの竹千代は、指を動かす手を止める事なく返答する。

「なんなりと伺おう」

　この女の口から出てくるのは真実なのか。まるっきりの嘘《うそ》をつくほど善悪の壊れた人間には見えないが、他者を自分の利益になる方向に動かすため事実に味付けをするくらいの真似《まね》はするだろう。もしそうだとしても、小熊の知りたい情報を得るためのドアは目の前に座る女の中にしか無い。

「春日のことについて」


　竹千代は何も言わない。小熊は自分がすでに竹千代にコントロールされているような感覚を味わったが、今となっては嫌悪より信頼のようなものを感じる。欠陥があるとわかっていて乗る車やバイクのようなものかもしれない。

「あのままでは春日は早晩どこかでぶっ壊れる。あんたはそれに対して何を考えているのかを知りたい」

　竹千代はＰＣを操作し続けている。その瞳は目の前のディスプレイより深い部分を見ているように思えた。

「私は彼女の保護者ではない。春日君が生きるため手を貸すことは惜しまないが、彼女の生き方を決める事は出来ない」

　小熊は今すぐＰＣを叩き落としたい気持ちに駆られつつ、竹千代に言った。

「春目はその生き方を誰かに教えて貰う機会が無かった。だから山を登って降りてゴミ集めをしている。その暮らしが限界に近づいていることはあんたにもわかるはずだ」

　竹千代はノートＰＣのキーを打つ指を止めた。もしかして平静を装うのに、ＰＣ作業は最も向かないという事に気づいているのかもしれない。感情に生まれたさざ波は、キーを叩く音のリズムが雄弁に説明してしまう。

「小熊君は春目君の生き方を否定するのかい？」

　竹千代は作業を一段落させたらしく、左右の指を揉《も》んでいる。自らの意のまま他人を動かすキーも、今は押さないでくれるとありがたいと小熊は思った。

「他人がどう生きてどう死ぬかなんて私には関係ない。ただ、私は自分のカブが最良の条件で走る場を望んでいる。だからカブを嫌う気持ちがあるならば、それを何とかしたい」

　ようやく竹千代が顔を上げた。

(38) 人生のゲーム

竹千代はそれまで使っていたノートPCを脇にどかす。小熊は立ち上がり、和室に仕立てられた部室の隅にある小さな台所でポットを手に取った。

「コーヒーでいいですか？」

気を遣いたくなるような相手ではないが、情報を得るからには礼節くらい守ろうと思った小熊に、竹千代は答える。

「紅茶で、何も入れずに」

小熊は頷き、台所を探したが保温ポットの類は見当たらない。節約の中でも電気代を少な目に抑えるには、ポットや炊飯器、冷蔵庫などの点《つ》けっぱなし家電を出来るだけ使わない事だと聞いたことがある。大学設備である部室の電気代を竹千代が払っているようには見えない。きっと自分の財布を気にする以前に本質の部分でケチなんだろう。

簡素な台所にミスマッチな業務用のウォーターサーバーがあったので、蛇口を捻《ひね》り鉱泉水をヤカンに注ぎ入れた。竹千代は小熊の姿を興味深げに見ている。小熊は一つの器からもう一つの器に水を移している自分の姿が、タロットカードの「節制」の図柄に似ている事に気づいた。

小熊が紅茶を淹《い》れている間、竹千代は人形か絵画のように動くことなく待っていた。小熊は竹千代がさりげなく送る視線に、自分の一挙手一投足を観察されているような気分を味わったが、それくらいの情報提供は仕方ない。

小熊は膝をつき、薫《かお》り立つ紅茶を竹千代の前に置いた。竹千代は微笑《ほほえ》んで頷く。立ち上がった小熊はそのまま自分のティーソーサーを手に持ちながら、壁にもたれかかる。竹千代から見て右斜め前。カジノでギャンブラーが好んで座る、ディーラーに精神的圧迫を与える位置。

小熊としては単に座敷や座り机は気に入らなかっただけ。床に座り込んでいると何かあった時の対応が遅れる。それに、竹千代の向かいに座ったならば、これから話される内容次第で目の前の相手にティーカップを投げつけてしまうかもしれない。

竹千代は小熊が手に持った紅茶を飲むのを待つことなく、先に口をつける。一応は信頼されているのかもしれないと思いながら、小熊も熱い紅茶を一口飲んだ。

「さて、小熊君はどこまで知っているのかな」

小熊は紅茶で手を温めながら答える。

「大まかに。親が死んで高校をやめて、働いて、飢えて、あんたに拾われたと」

竹千代は紅茶の味より、それを他人に淹れさせた事に満足しているような表情のまま言った。

「その通りさ、小熊君が聞きたいのは、春日君がなぜスーパーカブを嫌っているか、という事だね」

つまり竹千代が春日にどんな価値を見出《みいだ》し、大検や受験の面倒を見たかについて、今は答える気が無いらしい。

小熊は自分の斜め下に座る竹千代に黙って頷く。小熊としても複雑な問題は少しでも単純化して貰ったほうがありがたい。

「春日君は、仕事でスーパーカブに乗っていたんだ」

それは言葉より春日の仕草で知っていた。ただ押して歩く様を見ただけで、力の入れ方や手の位置など、ちょっと借りて乗った程度でないことはわかる。

「学資の無い人間を扶助する奨学金制度のある仕事はそう多くない。春日君も大手新聞社の配達業務や運輸会社の仕事にでもありついていれば、あのまま無事に高校を卒業していたことだろう。しかしそうならなかった。春日君が自治体の紹介で入ったのは、あまり良好な就業環境とはいいかねる広告会社でね」

　小熊はそこで起きた事を自分なりに解釈した。春日の引っ込み思案な性格や、不運と随分仲がいいらしき言動からイメージした職場での姿は察しがつく。しかし、その想像は必ずしも正しいものではないのかもしれないと思った。

「駄目な奴《やつ》だった？」

　竹千代は首を振りながら、体の微妙な動きでティーカップの中身に生じたさざ波を眺めながら言った。

「仕事がね、出来すぎたんだよ。その広告会社は春日君に小型二輪の免許を取らせ、チラシの戸別ポスティングをさせたが、春日君は人の七割の時間で仕事を終わらせてしまう。原付バイクにはすぐ慣れたし、道の選択も上手《うま》く、何より手の抜き方を知らなかった。今の仕事や生活を失いたくなくて必死だったんだろう」

　小熊もバイク便の仕事をしていた関係で、貧困ゆえ食うに困りハイリスクハイリターンの仕事に飛び込んできた人間を何人か知っている。そういう人と仕事をするようになった時、小熊は相手を働かせるより、あまり働かせず力をセーブさせるよう気を使うことが多かった。日常生活で心労を抱えている人間は、本人も知らない間に仕事の負荷に対する容量が小さくなっていて、些細《ささい》なきっかけでいともあっさり壊れてしまう。

「働けば働くほど、今までより多くの仕事を入れられる、人からも仕事を頼まれる、それでも春日君は働いた。そしてある朝、春日君は住み込みの部屋から仕事場に行こうとして、靴紐《くつひも》の結び方がわからず部屋を出られなくなったらしい。それで夕方まで玄関先にしゃがみこんでいた。仕事先は無断欠勤扱いであっさり解雇さ」

　小熊は春日が普段履きに向いているとはいいがたい、紐の無い長靴タイプの安全靴を履いている事を思い出した。春日の傷はまだ癒えていない。

「私が復学への協力を申し出るまで、春日君はひどい生活をしていた。春日君にとって、自分を削り尽くし、最低の境遇にまで落としたのが、スーパーカブだったんだ。私が春日君に新しい住処《すみか》と仕事を紹介した時、春日君は何度も聞いた、もうカブに乗らなくていいんですか？　と。春日君が今でも、新聞配達や銀行の営業で街を走るスーパーカブを見かけた時、顔を強張《こわば》らせるのは、一緒にいればそのうちわかると思う」

小熊は冷めてしまった紅茶を飲み切る。砂糖とミルクを入れたほうがよかったと思った。

「私にはわからない」

小熊は自分と竹千代のカップを下げ、台所で洗った。竹千代は小熊が知るべきことは全て伝えたと言わんばかりの態度で、ノートPCのキーボードを叩く作業に戻った。洗い物を終えた小熊は、後ろを通りがかりながらディスプレイを盗み見た。学業か金儲《もう》けのファイルかと思ったら、ソシャゲの画面だった。昔ボードゲームで流行《はや》った、人が一生を全うするゲーム。画面の中で始まり終わる人生は簡単に幸福を摑《つか》み、すぐに壊れる。

礼を言う気分になれぬまま形だけの礼を述べた小熊は、あまり釈然としないまま部室を出た。

(39) 歪み

翌日以降、小熊と春目、そして節約研究会との関係は、付かず離れずの状態が続いた。

当初は退屈に嫌気が差すような講義内容も、少々ながら好奇心を抱きながら聞けるようになった。

ただ大卒という社会で役立つパスポートを最小の労力で得るために選んだ人文学専攻だが、授業への集中がそれなりにテストに反映された高校の時と違って、何か別の作業や考え事をしながら頭の半分でラジオでも聞くように講義を受けていると、時間の経過もそれほど辛《つら》くない。物事は集中力の維持だけでなく、手の抜き方を覚えることもまた重要という事を学んだのが、今のところこの大学で得た唯一の知恵かもしれない。

大学の学業以外の部分、同じ学部の人間との交流については、今のところほぼ皆無だった。最初はいつも真っ赤なライディングウェア姿で大学に来る新一年生に、話しかけたそうにしている人間の気配を小熊も感じていたが、やがて大学でも同じ選択授業やサークルの中でグループが出来ていくに従って、それらの輪から外れた小熊への好奇の視線は無くなり、誰からも注目を受けなくなった。もしかして入学から数日の間、竹千代と行動を共にしているところを、多くの人に見られた事と関係があるのだろうか。

　小熊としてはなくても困らない、あると利益より損失の多い大学同期の交流なるものが義務として発生しないのはありがたい。自分が人間関係の構築能力に乏しい事を、機械にもよくある改善すべき欠点として認識する事もあるが、同じ教室で講義を受けている春日を見ているだけで、なんとなくそれが補塡《ほてん》されるような気がする。

　小熊は講堂の椅子に座り、目の前で行われている講義を一言も聞き逃さないようノートに書き写すことに熱中している春日を眺めた。既に同じ専攻、講義を取っている他の一年生は、見た目からわかる薄幸な暮らしのせいか腫れ物のような、存在しないもののような目で春日を見ている。小熊は自分もその一人かと考えた。そうしたほうがいいとも、そうなりたくないとも思った。

　春日の姿を横目で盗み見る事で、多少は退屈が紛れた講義を終えた小熊は、カブに乗って家に帰る。

　カブをコンテナに仕舞《しま》い、扉を閉めた小熊は、玄関を開けて家に入る。広いダイニングとホームバーが目に入る。服を脱ぎＮＨＫ－ＦＭを聞きながらシャワーを浴びた小熊は、部屋着のスウェットを着て夕食の準備を始めた。

南大沢の大型スーパーで買った賞味期限間近の豚ロースに塩胡椒《こしょう》を振ってフライパンで焼き、瓶入りのトマトソースを入れた後、別のコンロで茹《ゆ》でた生パスタを放り込んで和《あ》える。

キッチンで料理をしていた小熊は、そのまま背後を振り向いて分厚いヒノキ材のカウンターにパスタの大皿と、ルッコラのサラダを置く。続いて炭酸水の瓶を冷蔵庫から取り出してカウンターを回り、スツールに腰掛けて夕飯を食べ始めた。

小熊によるセルフリノベーションの結果、住環境が整った家でもうやる事が無くなった頃、それらの満たされた環境の中に居るのが自分一人で、分かち合う誰かが居ない事に孤独を覚えた時もあったが、それはどうにもならないものだと思うようになった。

痛みもそれに慣れればやがて自分の一部となる。機械もそうだが何でも改善、改良し欠点を潰せばいいとは限らない。カブだって仕事じゃなく趣味で乗る人間の多くは、優れた性能だけでなく、意外と多い生き物的な欠点に惹《ひ》かれて乗り続けているという。このまま孤独と共に生きていれば、それは愛憎入り混じりながら折り合いをつけ、共に暮らす大切な存在になるのかもしれない。

悩み事未満のささやかな懸念を、頭の中にある見たくない物を放り込む棚にしまった小熊は、分厚い豚肉にかぶりつき、パスタを頬張《ほおば》る。炭酸水を飲んだ小熊は、ダイニングスペースを振り返る。

くたびれた砂壁は塗り替えたことで見違えた。落ち着いたオフホワイトの壁は白熱灯の灯《あか》りを優しく、かつ無駄なく反射し、照明を蛍光灯に切り替えても目に眩《まぶ》しくない。

入居して間もない頃は、柱と床も必要に応じリフォームしようと思っていたが、今となっては長い年月の堆積を鈍く重厚な色で表す木材は、もったいなくて新品に変えることなど出来ない。木の床は綺麗《きれい》に清掃しワックスで磨き上げると深い艶を出し、ダイニングの空間全体とそこで過ごす時間を高品質なものにしてくれる。

入居して間もない部屋には余分な家具も無く、すっきりと片付いている。小熊はこの家で過ごす時間が好きで、それに伴う孤独というものも、悪くないのではないかと思い始めた。

バーカウンターの向こう側に回り、パーコレーターを火にかけて食後のコーヒーを淹《い》れた小熊は、椎がお土産に置いていったグラッパの香りを楽しみながら、床を見回した。

ついさっきダイニングを眺めた時、視界の隅に気になる物が映った。板張りの床。それも床の上にある物ではなく、床そのもの。

見た目は上等とはいえ、築年数の経《た》った家。湿気か何かによる建材の歪《ゆが》みでも発生しているのかと床材を注視してみたところ、入居前に何度もビー玉を転がして平面を確かめた床に異変は見当たらない。


気のせいかと思い、コーヒーをカップに注《つ》いだ小熊はもう一度背後を振り返る。つい今しがた異常が無い事を確認した床の端が、めくれあがるように歪んでいた。

熱いコーヒーを一口飲んだ小熊は、少々平静を失いつつ床を注視した。やはり平坦《へいたん》で歪みの無い床が波打ち、歪んでいくのが見える。

小熊はその時になってやっと気づいた。歪んでいるのは床ではなく、自分自身の視界だと。

コーヒーカップが手から落ちる。飛沫《しぶき》が足にかかるが熱さを感じない。床が自分の頬に向かって飛んできた。

小熊は変形しながら回る天井を見つめながら、自分の意識が消失していくのを感じていた。

（40）搬送

一度失った意識が戻った時、玄関の外から聞こえる人の声に気づいた。

小熊は真っ先に、何か護身に使える物を探したが、指先に触れそうな位置にあるスツールに手を伸ばそうにも、体が動かない。

聞こえてきたのが知っている人間の声だと気づき安堵《あんど》する自分がイヤだった。強いノックと共に春目が大きな、悲愴ささえ感じさせる声で「小熊ちゃん！」と繰り返している。

竹千代が冷静ながら決然とした声で「離れていなさい」と言った。近々いい素材があったら取り換えようと思っていた、薄い合板のドアが竹千代によって蹴破られ、セッケンの二人が土足のまま部屋に入ってきた。

窓の外から覗《のぞ》き見た様子から有毒ガスの発生を警戒したのか、ハンカチで鼻と口を覆いながら小熊に近づいてきた竹千代は、すぐにスマホを取り出した。

駆け寄って来た春目は「大丈夫!?　小熊ちゃんしっかりして！」と言いながら小熊を抱きかかえる。

小熊は手を動かそうとした。腕は蜂蜜に漬けられたかのように動きの自由が利かず、持ち上げて下ろす程度の事しか出来ない。口が何とか動くことに気づいた小熊は息を吸い、それから微《かす》かな声で言った。

「出ていけ」

小熊は自分の部屋に、たとえ有事であったとしても他人が押し入る事を好まない。もしも今、自分が置かれている状況が命の危機だったならば、最期に看取《みと》られる相手くらい選びたいと思う。

正直なところ、死ぬなら一人のほうがいい。今際《いまわ》の際《きわ》に見るものに自分以外の人間が映っていたなら、それが誰であろうと目障りでしかなく、人生という杯の最期の一口をじっくり味わうことさえ出来ない。

小熊の意志に反し、竹千代はスマホを手に見下ろしてくる。この人を惹《ひ》きつける美貌に恵まれた女が、自分の意思を実行するため何人の犠牲を産んできたのかは知らないが、ああ、また一人死んだかといった表情のまま竹千代は口を開いた。

「救急車を呼ぶ。この辺なら三十分前後で搬送可能だろう」

春目は竹千代よりだいぶ平静を失っているようだった。意識の混濁した小熊に、必死で話しかけていた春目は、さっきから鈍い痛みを訴えている小熊の腹に触れた時、顔色を変える。

「わたしが運びます。急がないと」

そのまま春目は竹千代に目で合図して小熊を任せ、玄関から外に駆け出す。

竹千代はここまで乗って来た自分の軽バンを指しながら、コンテナを開けて駆け込む春目の背に向かって言った。

「待つんだ、私のエブリイで運ぼう、二十分で行ける」

コンテナの中からカブのエンジン音が聞こえてきた。

小熊のカブに勝手に乗ってコンテナから飛び出してきた春目は、蒼白《そうはく》な表情のまま震える足を平手で思い切り叩《たた》いた。

「十分で運ばないとだめです」

春目が指さした先には町田市北部の岳陵地帯があった。この山の向こう側にある町田の中北部には、幾つかの救急病院がある。北上して南大沢の駅近辺にある病院に行くより、物理的な距離は短い。

カブのスロットルを吹かし、エンジンオイルを循環させた春日は、もう何百回も繰り返した仕草であるかのように、車体の各部を目視で点検しながら言った。

「道の上を走る車ではダメです、山をまっすぐ抜けないと手遅れになります」

竹千代は春日の腕を掴《つか》みながら言った。

「より安全な方法で運ぶべきだ、それでは間に合わないと言うのかい？」

春日は自分より頭ひとつ以上背の高い竹千代の胸倉を両手で掴む。いらだっているようにも、縋《すが》りついているようにも見える。春日は激しい感情の籠った瞳で竹千代を見つめながら言った。

「間に合わなかったんです！」


人格的には全く信用できないが、肌に触れていると何ともいえない良い香りのする竹千代に抱きかかえられながら、小熊は春日の話を思い出した。

広告会社でカブに乗って宣伝商材をポスティングするスタッフとして働き、そして過重な労働で使い潰された春日の話からは、同じ仕事の苦労を分かち合う同僚や仲間の話は出てこなかった。正確には、その仕事を始めた頃には、同じく恵まれない境遇の親友が居て、仕事でも住み込みの部屋でも一緒だったらしいが、ある時期を境に、春日の話にその親友は一切出てこなくなった。

ひとつ頷《うなず》いた竹千代は小熊の体を持ち上げる。そのまま小熊を抱えて家を出た竹千代は、春日の跨《またが》るカブの荷台に小熊を乗せた。春日は竹千代に言う。

「荷締めを持ってきてください。急いで」

いつのまにかコンテナの中に居た竹千代が「このガッチャ帯のことかな」と、バイクを車載する時に使うナイロン製のバックルベルトを差し出した。バイクの世界ではラッシングと呼んでいるが、業種によって、あるいは同じ仕事でも世代や所属会社によって呼び名が異なるらしい。

意識が朦朧《もうろう》としていて、カブの二人乗りで掴むグラブバーを握る事さえ出来ない小熊は、タイダウンベルトで春日の体に縛り付けられた。

よほど人の大事な物をくすねるのが上手なのか、すぐに小熊のヘルメットと予備ヘルメットを探し出した竹千代は、小熊と春日の頭に被《かぶ》せながら言った。

「誰かの命を守りたいなら、守る自分自身の命を大事にするんだ」

それから竹千代は片手に持ったスマホを見ながら言う。

「山向こうのパン工場跡地にある総合病院に行くんだ。今から連絡を入れてすぐに受け入れ態勢を取らせる。私の名を出せば決してたらい回しにはしないだろう」

竹千代は春目の肩を叩く。サーキットレースでバイクの準備、整備が終わったことをライダーに伝える仕草。もしかして、原付で重荷を積む仕事でも同じなのかもしれない。

被らされたハーフキャップタイプのヘルメットを、それが仕事中の流儀だったのか後ろに傾けてあみだ被りした春目は、まっすぐ前方を見据え、カブを急発進させた。

二人が部屋に押し入って三分足らず、救急車を呼んでいたならば、通話さえ終わっていない時間。

（41）ミルクラン

数十分後、小熊は病院で点滴を受けながら、面倒な書類への記入を済ませていた。

小熊を突然昏倒《こんとう》させた急病はイレウスとかいうもので、要するに腸の活動不全らしい。

原因は内科手術の合併症が最も多いが、それだけでなく心労や食生活の偏り、時に何一つ身体的な落ち度の無いまま突然発症し、腸が蠕動《ぜんどう》と栄養吸収を停止させる。

小熊の症状を見た春日は、かつて自分から親友を奪った虫垂の炎症破裂による腹膜炎と勘違いし、小熊をカブの後ろに乗せて病院まで運んで来たが、治療はそれほど仰々しいものにならず、欠乏状態になった水分と栄養分を輸液で補給して、整腸剤を飲んでしばらく安静にしていれば入院も不要らしい。

医者は付け加えるように言った。

「あと五分遅れていたら危なかったですね」

結局、春日には命の恩というやつが出来てしまった。

小熊は春日の乗るカブの後部にラチェットベルトで縛り付けられ、自宅と救急病院の間を横たわる山を越えてきた記憶を思い返し、軽く身震いする。

かつて配達の仕事でスーパーカブに乗っていたという春日は、最低限の乗車スキルくらい備えているんだろうと思った小熊は、差し当たって自分の命が助かる選択肢が他に無い様子なので任せる事にした。

春日がごく自然に、ニュートラルから一速に入れたシフトペダルを踏みっぱなしにして、半クラ状態のままスロットルを開けて回転数を上げた後、爪先を離してクラッチを繋《つな》ぐ、カブで急発進やウイリーをする方法を使っているところを見た小熊は、これなら病院まで乗せて貰うくらい大丈夫だろうと判断した。

カブで林道の悪路を走る事に慣れた小熊にも可能なテクニックだが、春日の技術云々《うんぬん》よりも、高額修理を抑制するため配達業では禁じられた方法を躊躇《ちゆうちよ》なく使う、臨機応変の判断は信頼に値すると思った。

発進した春日が、サイドスタンドを上げ忘れるまでは、そう思っていた。

小熊が自分の判断を後悔し、やっぱり降りて自分で救急車を呼ぼうとした瞬間、春日は車体を軽く傾ける。

まずサイドスタンドの先端に取り付けられたゴムが地面に接触し、その後、鉄のスタンドがアスファルトを擦《こす》って火花を上げた後、サイドスタンドは明らかに部品寿命を削る音と共に走行中の定位置に収まる。

そこから先の、二人乗りツーリングというには切迫しすぎた時間は、小熊にとって驚嘆と畏怖の入り混じったものだった。

他車も走る一般道を、さほど飛ばす事も無く走っていた春目は、突然カブを道路外に飛び出させ、歩道と公園を突っ切って一本隣の道路に入る。交差点の信号に捕まった時は、一度歩道に乗り上げたり、手前の路地を曲がって赤信号をバイパスする。明らかに違法で、小熊なら出来るだけやらないマナー違反だが、早朝の配達カブがそうしているのをよく見かける。

ミルクランという言葉がある。現在は流通業者の間でルート回収方式を示す言葉として有名だが、本来の意味は地元の牛乳屋だけが知っている、配達のバイクや自転車が通り慣れた道。しばしば法的には通ってはいけない道の混じった、通ることが物理的に可能な地面と空間によって構成される移動線。それらは街を走り回る配達業の人間が誰しも口伝され、あるいは自分で拓《ひら》いて持っている、形の無い財産。

かつてカブで配達の激務に従事し、今は山菜採りの自転車で多摩の里山を走り回っている春日は、いかなる地図やナビアプリより正確で実用的な、自分のミルクランを持っていた。

その後、カブの左右を車両乗り入れ禁止のポールにぶつけながら通過した春日は、この辺でよく見かける自然遊歩道に入り、ハイキングコースの階段を駆けあがって山を越える。企業グラウンドのフェンスと崖のような斜面の間にある、幅ほんの数センチの道とも言えぬような走路を駆け抜けた時は、カブを斜面側、体をグラウンド側に傾け、鉄条網に肩を擦りつけながら通過した。

小熊は春日の後ろで死を覚悟したが、春日は広告会社のバイトをしていた頃、宣伝チラシを満載したカブでいつもやっていた事といった感じで、後部に縛り付けられた小熊を錘《おもり》にするようにバランスを取りながら走っていた。

小熊は高校二年の時にカブを買ってから二年弱、自分がそれなりにカブを扱えるようになったと思っていたが、小熊が高校に通いながら、同じカブ仲間と共にバイクで出来る色々な楽しい事を追求していた頃、春日は仕事でカブに乗り、人員不足のしわよせで課せられた過重なノルマを消化するため、雨の日も雪の日もカブを走らせていた。

自宅を出てから五分足らずで病院の救急入り口に着いた頃、小熊は気づいた。自分と春日では、色々な意味で経験の蓄積が違う。高校時代にカブで富士山を登頂し、冬には厳寒の黒姫で人命救助をした自分のテクニックなど、春日に比べればお遊戯に過ぎないのかもしれない。もしもこの病院を生きて出る事が出来たなら、教えを乞わなくてはならない事が数多くあるんだろう。

そのためなら、修復したカブの一台くらいくれてやる事など惜しくもない。諸費用をこちらで払っても、春日がただ走っているだけの姿から得られるプロの技術が有する価値に比べればお釣りが来る。


ワンタッチで外せるラッシュベルトを解かれ、病院のストレッチャーに乗せられた小熊は、また意識が遠くなる。暗転していく視界に、春日が今まで自らの手足のごとく乗っていたカブから降り、生垣に倒れたカブの横に蹲《うずくま》って震えるのが見えた。

春日がカブに乗り続けた時間は、決して幸せなものではない。レーサーや二輪冒険家と違い、限界まですり減らし潰れたら取り換える使い捨て労働者の一人として、毎日カブに乗ることを強いられていた。そのため親友を失ったという春日の心に負った傷は、誰かが安易に触れていいものではない。
春日に命を助けられた自分に出来るのは、その痛みを和らげる事くらい。
そのためにどうすればいいか、今の小熊にはわからなかった。

(42) 恋人みたいに

夕陽《ゆうひ》の差す頃に瀕死《ひんし》の状態で病院に担ぎ込まれた小熊は、長くなりはじめた春の陽が沈み、完全に暗くなる前に病院から追い出された。

急性イレウスで体内に吸収できなくなった水分や栄養分を点滴で補っただけで、先ほどまで立つことも手足を動かす事さえもできなかった体は、何事も無かったかのように動いている。

とりあえず部屋着のポケットにスマホを入れっぱなしにしていたおかげで、費用の清算はキャッシュレスで終える事が出来た。今日は薬局が閉まっているが、後日病院まで処方箋を持って来て経過観察と薬の処方を受ければ、それで治療は終わりらしい。

ここに来る時に裸足《はだし》のままカブに乗せられた小熊は、処置室でもういらなくなったというナースシューズを一つ分けてもらい、それをスリッパから履き替えて外に出た。受付で聞いたところ、小熊をここまで運んだ春日は、そのままカブを放り出し、バスに乗って逃げるように帰っていったらしい。

小熊は生垣に倒されたカブを引き起こし、すぐ近くに投げ捨てられていたヘルメットを拾って被《かぶ》り、つけっぱなしだったキーを捻《ひね》った。

横倒しになっていたカブは元より横型エンジンで傾斜に強いせいか、オイルもガソリンも漏れていない。

カブをキック始動させようとしていた小熊の横を、一台のバイクがすれ違った。

小熊のカブと同じ旧型車体のプレスカブ。車体にアニメキャラクターのグラフィックが描かれたカブは駐輪場を素通りし、病院関係者出入口の前に横付けしている。

カブには、まだ少年といっていい男が乗っていた。細く淡い色の髪はハーフキャップのヘルメットからはみだすほど長く、仕事用カブの質実剛健な雰囲気にはややミスマッチな中性的外見をしている。

少年は誰かと二人乗りしていた。エンジンを大排気量の物に載せ替えているらしく、後ろに人を乗せても動きからは鈍重な感じがしない。

プレスカブの後部から降りた同乗者は女だった。少年より少し長い程度の黒髪で、目元といい立ち姿といい、意思の強そうな雰囲気だが、カブの振動にはあまり慣れていないらしく、軽く足をふらつかせている。

少年は女のジェットヘルメットを優しく取ろうとしたが、女はその手を払い自分でヘルメットを取った。さほど乱れてもない髪をしきりに気にしている。すれ違う人たちと挨拶を交わすところを見る限り、病院の職員らしい。

女はプレスカブに跨《またが》った少年に言った。

「ここまで送ってくれてありとう。でも、ね？　君は受験があるでしょ？　わたしもインターンが明けたら色々忙しくなるし、その、お互いのために、しばらく二人で遊びに行くのはやめたほうがいいかなっ、て」

会話のやりとりは小熊の居る駐輪場まで聞こえた。もう病院に用は無いし、遅くなる前に帰ろうとした小熊は、急に買い物の用を思い出し、カブを発進させる前にスマホでチラシのチェックをしようと思った。

プレスカブに跨った少年は女の話を聞き、身振りと表情で無駄に疑問と落胆をアピールしながら言った。

「なんで？　もうすぐ夏だよ？　カブはこれから面白くなるのに！　僕は君とタイのバンコクの恋人同士みたいなデートがしたいんだ！　カブで屋台行って、バインミーやカオマンガイを食べて、それから」

女は喋《しゃべ》り続ける男を手で制しながら言った。

「んーと、わかんないかなぁ？　わたし、バイクがそんなに好きじゃないの。わかる？　あなたのことが嫌いじゃないんだけど、あなたは若いし、色々まだ早いかなって、それにわたし、スーパーカブが嫌いなの」

女がその台詞《せりふ》をカブを見ながら言ったのか、それとも違うのか、小熊が振り返って確かめるまでもなかった。背後から絶望と悲嘆の空気が痛いほど伝わってくる。

少年はよほどの鈍感なのか、それとも何度ひどい目に遭っても折れない心を持っているのか、僅かな希望に縋《すが》りつくように言い募る。

「わかった。僕のカブが嫌われたならしょうがない。でも、もし君が仕事に疲れて、今日みたいにどこかに連れてってほしいと言ってくれたら、僕はいつだって迎えに行くよ、もちろんカブで」

プレスカブの乗り心地より、そのねちっこさが嫌われたのではないかと小熊は思ったが、もしかしてこの少年が年上らしき女とのデートにこぎつけられたのも、そんな部分だったのかもしれない。

女は少年の言葉を冷たくあしらうように手を振って職員出入口に消える。院内で他の職員と「先生、あの彼氏は」「いやだなぁ親戚の子ですよ、ちょっと面倒を見ていただけで」と会話を交わすのが聞こえた。

小熊は何も映っていないスマホを傾けた。少年が目も当てられない様でプレスカブのメーターに突っ伏している姿が画面に反射する。ここは一つ、同じくスーパーカブを愛好する者として、慰めの言葉でもかけるべきかと思っていたら、少年は突然身を起こす。

さっきから小熊も気になっていた音に気づいたらしい。後部タイヤがパンクしていて、微《かす》かな空気漏れ音が聞こえてくる。普段あまり物を載せないカブに突然重荷を積むと、たまにそうなる事がある。

カブの半ば潰れたタイヤを見た少年は指を鳴らした。きっとこのタイヤのせいでプレスカブの乗り心地が悪かったから、あの女の人はカブを嫌ったのではないかと一人合点している様子だが、たぶん違うと思う。カブのせいではないと思う。

きっとあの女は、カブのパンクに気づかない少年が、自分の表情や言葉にならない声を意識してくれなかった事で少年を見限ったんだろう。もしもあの少年が女と街を歩き、食事などしていたなら、どんな感じだったのかは小熊にも想像がつく。女に道路際を歩かせない、レストランの席が椅子とソファなら後者を女に勧める、きっとそんな基本的な事が出来ていなかった。

小熊は男からそんな思いをさせられた事など無いが、少年の乗るプレスカブを見ていると、だいたいわかる。ベトナムキャリアと呼ばれるメインフレーム上の荷台や二人乗り用のダブルシート、輸入品らしき大型エンジンなど、あれこれとパーツを付けているが、足回りの消耗品メンテナンスという本当に大事な部分が疎《おろそ》かになっている。

男子が思春期に何度も経験する痛みは勝手に治るのを待つしかないが、小熊がせめてプレスカブのパンク修理くらいは手伝ってやろうと思っていると、少年は突然身を起こし、自分のスマホを取り出して操作し、通話を始める。

「あぁ久しぶり、いや幼稚園からずっと一緒だったのに高校入ってからずっと会ってないんでどうしてるのかなって。俺？　変わってないよ。そうだバイクに乗ってる。すっごくカッコいいバイクなんだ。乗りたい？　そうだ！　これから二人で台湾の恋人みたいなデートをしないか？　一緒に屋台行って魯肉飯《ルーローファン》とか胡椒《こしょう》餅を食べよう。うん、もちろん家はまだ覚えてるよ、これから迎えに行くから、その前にホームセンター寄ってパンク修理してくけど、待ってて、すぐだから」

小熊は肩を竦《すく》めた。どうやら人はバイクに乗り続けていると、色々な事に懲りない奴《やつ》になるらしい。何度壊れても何回事故を起こしても諦めない奴は、女に対しても往生際が悪くなる。

少年はさっきまでの落胆が嘘《うそ》のように、意気揚々とプレスカブのエンジンを始動させた。半ば潰れたタイヤを誤魔化《ごまか》すように走り出したプレスカブの少年とすれ違いながら、小熊は思った。

同じくカブに乗る人間の恋愛事情は、それがどうしようもなく節操の無い男だったとしても応援してあげたいが、女心には気を付けろ。

女の気持ちがわからず、ついさっきふられた少年は、懲りることなくカブに乗って別の女のとこに行くつもりのようだが、大事な事を忘れてはいけない。少年はカブを世界一かっこいいバイクだと思っていて、小熊も同じ気持ちだが、カブに乗っていない人間、あるいは乗っている人間でも、そう思っている奴は多くないという事。特にバイクにさほど興味の無い人間にとって、カブはただの仕事道具。

もしもあの少年がこれから会いに行くという幼《おさな》馴染《なじみ》が、男の顔より靴を見るような女だったなら、スーパーカブに乗っている男子にあまりいい印象を抱いてくれないかもしれない。

「まぁ大丈夫かな」

　女にモテるツールとしては、車や高級バイクに比べやや打率の低いスーパーカブも、ダメならばダメじゃない相手が見つかるまで何度でも過ちを繰り返すような奴が乗るならば、きっと成功を摑《つか》み取る武器になってくれる。カブならばそんな悩み多き男子の七転びに耐えられるし、八回目に起き上がる力を与えてくれる。

　もしかしたら、彼が憧れ、小熊も幸せそうだなと思いながら見た事のある、バンコクや台湾の恋人みたいになれるのかもしれない。

(43) 生活

掃除は上から下へというのが原則らしい。

小熊は脚立の上に立ち、板張りの天井を丁寧に清掃した。

山梨の集合住宅に住んでいた時は、ここまで掃除に手間をかける事も無かった気がする。

そう思いながら天井照明を磨き上げる。

これからあちこちに手を入れるつもりのセルフリノベーション作業のため、わざわざ中古で買った脚立を片付けた後、塗り替えてまだ間もないからか、ほとんど汚れていない漆《しっ》喰《くい》の壁を拭き、床に箒《ほうき》をかける。


　ほぼ正方形に近いダイニングスペースは、掃除機を使ったほうが効率は良かったが、掃除をしつつ気難しいアンティーク・フローリングの異変をチェックするには、同じく古臭い箒のほうがいい。

　六畳の寝室と四畳半のバイクグッズ専用部屋、浴室やトイレも先ほど掃除を済ませた。

外回りとコンテナは、先日リサイクルショップで投げ売られていた高圧洗車機で洗浄した。

ダイニングとバーカウンターは特に丁寧に磨き上げた。

この家の中で最も金がかかっているという理由もあったが、それだけではない。

カウンターでグラスを磨いていた小熊は、廉価な公営住宅として作られた木造平屋に若干不相応な、分厚いオーク材のドアが叩《たた》かれる音を聞き、カウンターの外に回った。

先日ここのドアを蹴破り、後に旧《ふる》い洋館の取り壊し現場から貰《もら》ってきたという豪奢《ごうしゃ》なドアを軽バンで持ってきた女は、玄関脇のインターホンなど無視して自分の流儀を貫くらしい。小熊は鍵を開錠しドアを開ける。

「やぁ。少し早すぎたかな」

玄関前には小熊が大学で係《かか》わることとなった節約研究会なるサークル、通称セッケンの部長、竹千代が立っていた。

急病で倒れた小熊を救出するという、慌ただしい初訪問を除けば、竹千代を自分の部屋に客として招いたのは初めてだった。

同性でも異性でも、仲良くなっていく過程で相手を自分の部屋に入れるというのは一つの関門で区切りだと聞いたが、小熊は仲を深めたいなどとはこれっぽっちも思わない怪しいサークルの面々を、この家に招く事になるとは思わなかった。

小熊は外に出て開けたドアを押さえる。そのまま黙って頷《うなず》き入室の許可と形だけの歓迎を伝えると、竹千代に続いてもう一人の女子が部屋に入ってくる。

現在一人だけのセッケン部員、春目。

先日の急性イレウスで、小熊の命を救った二人。そこで小熊は、厄介な相手への借り入れを早々に清算すべく、竹千代に何か礼になるものは無いかと提案したが、竹千代はさほど考える事なく言った。

「そろそろ君の家に我々を招待してくれないか？」

プライベートスペースへの浸食は、時に金銭の損失より大きな損害となる。小熊としては正直断りたかったところだが、もっと面倒な提案、たとえばセッケンへの入部などを求められても困るので、しぶしぶながら了解した。

上着や帽子を脱がせて壁に掛けてあげるほどのサービスをする気は無いので、それはセルフでやってもらい、カウンターの前に並ぶ三つのスツールを勧める。

この家をセルフリノベーションするに当たって、最も手間をかけた分厚いヒノキ材のバーカウンターを作り上げた時、一人暮らしの身で幾つも椅子を並べても邪魔になるだけだと思ったが、セッケンが占拠している大学敷地内のプレハブ部室に、開店して一ヶ月で倒産したバーから引き取ってきたという、赤い革張りの極上品が置いてあったのを見た小熊は、丸椅子を加工したスツールが置かれた今のバーより見栄《みば》えが良くなるだろうと思い、この部屋にある物を何でも持って帰っていいというセッケン部長公認の権利を駆使させて貰った。

人間は暇になると色々な物を溜《た》め込みがちになる。それは家具やコレクショングッズだけでなく人間関係も同じかもしれない。小熊はそう思いながらスツールに座る二人を見渡した。

バーではよくママの愛人が座っている最奥の席に腰を落ち着けた竹千代は、片肘をカウンターにつき、もう何年も通った店であるかのような落ち着いた仕草で小熊に言う。

「まずは冷たい吟醸酒をくれないか」

バーカウンターのキッチン側に回り「うちは酒を出してない」とだけ言った小熊は、とりあえずこの二人を客として扱う体裁を整えるための食事を出した。

小熊が用意したのはシチュー。

一人暮らしを始めてから自分で作れるようになった料理は多いが、その中には一人で食べるのが似つかわしくないものが幾つかある。

とりあえずシチューを出すことに決め、ビーフかクリームか迷いながら早朝に買い物に出た小熊は、今まで入ったことのないデパート地下の高級スーパーで、自分だけで食べるには気が引けるような上等な牛肉を見つけたので、ビーフシチューを作ることにした。

客が来る夕刻にちょうどいい味になるように、朝から牛肉とニンジン、ジャガイモ、ブーケガルニを煮込んだ。ルーから作りたかったところだが、それは難しいので売っているルーの中で最も高価な物を選んだ。

シチューの入った深皿、サフランライスの皿、サラダボウルとグラスを並べ終わった小熊が、セッケンの二人にシチューを勧めたところ、竹千代と春目はいただきますの言葉と共に食べ始めた。

小熊の手間に見合った成果はあったらしく、シチューはなかなか好評な様子。竹千代は「ワインはボルドーが似合いそうだ。次のディナーの時に持ってくる」と言うので、小熊は火傷《やけど》した指を見せ「もう当分シチューは作らない」と返した。

春目は一人前でそこらのファミレスのステーキ一枚分ほどの肉が入ったシチューを自分

が食べていいものなのか困惑し、ジャガイモをつついていた。カウンターのキッチン側に立った小熊は自分の分のシチューを立ち食いしながら、春日の皿に肉を入れ足す。

主に竹千代の主導で会話の弾んだシチューパーティーが佳境にさしかかった頃、小熊は春日に言った。

「渡すものがある」

今後数日の飢えに耐えるためか、腹に入る限りの肉を詰め込もうとしていた春日が、急に声をかけられて目を白黒させた。

竹千代は小熊に視線を向けられ目だけで頷く。

小熊が差し出したのは、一冊の紙綴《と》じだった。文具卸店で不動産等の重要書類を挟むファイルとして売られている、革装のファイル。

麻のワンピースで手を拭い、ファイルを受け取った春日が、開いて中に挟まれている物を確かめている間に、小熊はカウンターを回ってダイニングスペースの壁際まで歩く。そこには何か大きな物が布を被《かぶ》せられ置かれていた。

小熊が布を引っ張ると、その下から出てきたのは、たった今工場から出てきたようなスーパーカブ50。小熊が高校の二年間乗っていて、先日の事故で廃車にしたが、事故前より高い精度でプレス修復した車体を始め、あらゆる消耗部品が交換された緑色のカブ。

春目はファイルの中に入っていた、自分の名前が記載されたカブの登録書類と、表紙裏の名刺入れポケットに入れられたメイン、予備の二本あるキーに指を触れる。

春目名義での登録については、彼女の印鑑を預かっている竹千代が手配してくれた。

小熊は春目の瞳に渦巻いた様々な感情にちょっと魅せられそうになったが、とりあえず言うべき事は言う。

「乗ってほしい。このカブに」

春目は困窮の中で過ごした十代の頃、仕事でカブに乗っていた。人は使い捨てる事が前提の職場で消耗を重ねた苦行の日々は春目の心に消えない傷を刻み、彼女は刻苦の象徴となったカブにはもう二度と乗らないと決めていたが、先日、急病となった小熊を、かつて毎日の配達仕事で培ったカブに乗る技術を以《もっ》て助けた。

春目の呼吸が荒くなる。キーを握った手で胸を押さえる。絞り出すような声で「わたしは、もう、カブには」と言いながら立ち上がった春目は、ダイニングの隅にあるカブへと歩み寄った。

カブに触れ、メーターパネルに反射する何かを見つめていた春目の瞳から涙が零《こぼ》れる。

「わたし、こんどは、助けられたんですよね」

春目は最低の労働環境から、彼女の拾い物に関する嗅覚という能力を認めた竹千代に救い出された。しかし、そうならなかった子も居る。春目がバイト先で出会った友達。両親を災害で突然失った春目と似通った境遇の彼女は、苦労を共有する大切な親友だった。そして春目は、急病に罹《かか》った彼女を助けてあげられなかった。

春目は顔を上げ、小熊を見て言った。

「わたしはカブには乗りません。わたしをいじめたカブ、わたしから友達を奪ったカブにはもう二度と触れません」

言葉に反し、春目はカブの車体を撫《な》でている。

「でも、小熊さんがくれるというなら、この子はわたしの家に置いておきます」

世の中には癒えない傷もある。心に残った痛みは消えない。しかし痛みを自分の一部にすることはできる。

人の心などわからぬ小熊は、過去にカブで骨折した時、完治後も雨の日には痛む右足に教えて貰った。

曲がりなりにも人文学を専攻する小熊が、唯一知っている人間心理の必然があるとすれば、心の傷に最も良く効く薬は、何か高価なものを目の前にちらつかせる事。

世のうつ病の半数近くは一億円の現金を渡すと治るという学説は、少なくとも小熊の周囲を見る限り事実だった。春目は主人公の説教やくだらない恋愛イベントで過去の傷を克服する子供マンガのヒロインではない。小熊は彼女の心を癒《いや》すには、まず生活の不安を取り去る事が重要だと思った。

この二人を家に呼んだ最大の目的にして最も難しい事だと思っていた、スーパーカブの春目への贈呈と納車が無事に終わり、ようやく落ち着いた小熊は、シチューを腹一杯食べ、ちょっと贅沢《ぜいたく》して買ったロングヴィユのノンアルコールシードルの栓を抜いた。

すでにシチューは大半がなくなり、背後のガスコンロではもうすぐ食後のコーヒーが沸く。小熊は自分のものとなったダイニングをもう一度見回した。

必要な物が何でもあって、カブも二台ある部屋に暮らしていた時の自分は、ただ生きているだけだった。人が暮らしを営む、生活と呼べるものには足りない。

小熊の目の前には、一人の時には広すぎて椅子も邪魔だったカウンターに、セッケンの二人が並んでいる。

竹千代は当たり前のように小熊に注《つ》がせたシードルを飲んでいる。春目は先ほど乗らないと言ったカブを何度も振り返っては眺め、席を立って触りに行っては戻るといったせわしない動きを繰り返していた。

人の暮らす住居に不可欠とも言える来客がこの二人というのは、小熊としてはまことに不満だが、一つだけわかったことがある。

東京で大学生として生きていくと決めた小熊の生活は、今やっと完成した。

あとがき

本作をお買い上げ頂き誠にありがとうございます。

今回は「バイクと生活」のお話です。

Life and Motorcycle.

Life with Motorcycle.

バイクに乗る上で住環境という物は切り離せません。僕も生活の場を探した時は、ここでバイクと共に暮らせるかどうかを考えて決めました。

まず物理的にバイクを置けること、なるべく盗まれにくい置き方が出来ること、願わくばバイクの立てる音がそんなに問題にならないこと、欲を言えばバイクの整備も出来ること、付け加えるなら騒音を発する電動工具を使えて、臭気を発する塗装や薬品処理も出来ること、あともう一つ、バイクに乗るため必要なウェアやパーツ、グッズやコレクションなどを置けること、そうだ忘れてた、バイクに必要な物を買うホームセンターやガソリンスタンド、バイクグッズショップなどが近いこと。

バイクに乗る僕自身の起居する環境については、特にこだわりませんでした。

ただそれだけの条件なのに、実際に叶《かな》えられたのは七割がいいとこ。

バイクと生活、どちらを大切にするかと問われたなら、バイクのある生活を大切にする小熊《こぐま》はどのような生活を築き上げていくのか。

僕自身バイクだけでなく色々な趣味の物々に囲まれ狭っ苦しい部屋で、小熊いいなぁと思いながら書かせて頂きました。

最後に本作品の出版にあたりご協力頂いたスニーカー編集部のKさん、今回のカブ乗り換えで、目に見えぬところまでこだわったイラストを描いて頂いた博《ひろ》さん。ついに原作三巻のコミカライズを描き始めて頂いている蟹丹《かにたん》さん、ネットやバイク誌にも載っていない細部の意匠について補足して頂いた本田技研工業監修チームの皆さんに、心からの感謝を述べさせて頂きます。

トネ・コーケン

スーパーカブ7

著	トネ・コーケン
	角川スニーカー文庫　22616
	2021年4月1日　初版発行
発行者	青柳昌行
発　行	株式会社KADOKAWA 〒102-8177 東京都千代田区富士見2-13-3 電話　0570-002-301（ナビダイヤル）
印刷所	株式会社暁印刷
製本所	株式会社ビルディング・ブックセンター

◇◇◇

●お問い合わせ
https://www.kadokawa.co.jp/（「お問い合わせ」へお進みください）
※内容によっては、お答えできない場合があります。
※サポートは日本国内のみとさせていただきます。
※Japanese text only

Printed in Japan　ISBN 978-4-04-110872-7　C0193

★ご意見、ご感想をお送りください★
〒102-8177 東京都千代田区富士見 2-13-3
株式会社KADOKAWA　角川スニーカー文庫編集部気付
「トネ・コーケン」先生
「博」先生

角川文庫発刊に際して

角川源義

第二次世界大戦の敗北は、軍事力の敗北であった以上に、私たちの若い文化力の敗退であった。私たちの文化が戦争に対して如何に無力であり、単なるあだ花に過ぎなかったかを、私たちは身を以て体験し痛感した。西洋近代文化の摂取にとって、明治以後八十年の歳月は決して短かすぎたとは言えない。にもかかわらず、近代文化の伝統を確立し、自由な批判と柔軟な良識に富む文化層として自らを形成することに私たちは失敗して来た。そしてこれは、各層への文化の普及滲透を任務とする出版人の責任でもあった。

一九四五年以来、私たちは再び振出しに戻り、第一歩から踏み出すことを余儀なくされた。これは大きな不幸ではあるが、反面、これまでの混沌・未熟・歪曲の中にあった我が国の文化に秩序と確たる基礎を齎らすためには絶好の機会でもある。角川書店は、このような祖国の文化的危機にあたり、微力をも顧みず再建の礎石たるべき抱負と決意とをもって出発したが、ここに創立以来の念願を果すべく角川文庫を発刊する。これまで刊行されたあらゆる全集叢書文庫類の長所と短所とを検討し、古今東西の不朽の典籍を、良心的編集のもとに、廉価に、そして書架にふさわしい美本として、多くのひとびとに提供しようとする。しかし私たちは徒らに百科全書的な知識のジレッタントを作ることを目的とせず、あくまで祖国の文化に秩序と再建への道を示し、この文庫を角川書店の栄ある事業として、今後永久に継続発展せしめ、学芸と教養との殿堂として大成せんことを期したい。多くの読書子の愛情ある忠言と支持とによって、この希望と抱負とを完遂せしめられんことを願う。

一九四九年五月三日